# O BEIJO INFAME

# Toni Marques

# O Beijo Infame

EDITORA RECORD
RIO DE JANEIRO • SÃO PAULO
2011

CIP-BRASIL. CATALOGAÇÃO-NA-FONTE
SINDICATO NACIONAL DOS EDITORES DE LIVROS, RJ

Marques, Toni, 1964-
M315b    O beijo infame / Toni Marques. – Rio de Janeiro: Record, 2011.

ISBN 978-85-01-09414-8

1. Romance brasileiro. I. Título.

CDD: 869.93
11-1936    CDU: 821.134.3(81)-3

Copyright © by Toni Marques, 2011.

Capa: Elmo Rosa

Imagem de capa: *Osculum infame*

Texto revisado segundo o novo Acordo Ortográfico da Língua Portuguesa

Direitos exclusivos desta edição reservados pela
EDITORA RECORD LTDA.
Rua Argentina 171 – 20921-380 – Rio de Janeiro, RJ – Tel.: 2585-2000

Impresso no Brasil

ISBN 978-85-01-09414-8

Seja um leitor preferencial Record.
Cadastre-se e receba informações sobre nossos
lançamentos e nossas promoções.

Atendimento e venda direta ao leitor:
mdireto@record.com.br ou (21) 2585-2002.

"P: Você tem uma câmera ou tem acesso a alguém que tenha uma câmera?

R: Não sei o que é uma câmera."

(Departamento de Defesa dos Estados Unidos, "Testemunho de detento perante o Tribunal de Revisão do Status de Combatente", Conjunto 2 0098-0204, ISN 1051, p. 4, Base Naval da Baía de Guantánamo)

# 1

**Jece** [Tem que ver como elas vão pronunciar, mas vai ser Jece mesmo.]

**Homem** de 33 anos no Queens, Nova York [Não dá para mentir na localização.]

**Procurando por:** Mulheres para relacionamento sem compromisso.

**Último grande livro que leu:** [Para falar a verdade, só jornal ou internet. Não falando a verdade, tem que ver que tipo de pessoa está sendo anunciada. A época facilita uma escolha neutra, eles compram livros para leitura de verão, coisa que não faz sentido no Brasil. Consultar as listas de mais vendidos ajuda ou atrapalha? Atrapalha porque você acompanha o rebanho? Ajuda porque você está atualizado? Agora, se gostasse de ler e tivesse dinheiro para comprar livros novos — livro é coisa cara, tão cara quanto a mensalidade do site —, leria sobre informática?, esportes?, sexo? Sexo! Mas sexo pode dar a entender que você só pensa nisso, o que pode ser ruim, e pode ser ruim também porque mostra que você não sabe nada, tem que ler, ou pode ser bom porque mostra que você se educa sobre aquilo que as pessoas devem achar que é automático? Melhor não arriscar. Melhor passar por ignorante, mesmo que as cachorras gringas gostem de livros. Talvez fosse o caso de tentar outro site. Este aqui é muito cultural, muita areia para um caminhão que saiu de Goiás. Uma saída pode ser...] *O alquimista.*

**Meu momento mais humilde:** [Ter nascido no Brasil? Parece esperta a resposta. É sincera. Depois, se ficar pensando muito, isso aqui não vai dar certo.] Ter nascido no Brasil.

**Celebridade com quem me pareço:** Alex Rodriguez. [Também é verdade. Numa novela eu poderia ser irmão dele, mesmo porque irmãos de novela nunca se parecem mesmo. Se parecer com ídolo de beisebol deve funcionar, mesmo que seja semelhança de novela. Tem gente que nesta parte corre para piada, mas humor na língua dos outros é mais difícil.]

**Música que me coloca no clima:** [Aqui elas devem estar esperando bossa nova ou samba. Melhor parecer sofisticado, mesmo estando no Queens? Se colocar hip-hop as caucasianas vão pular para outro anúncio? Não é ruim restringir a coisa às latinas e às negras, mas negras gostam de negros, e latinas, de latinos ou de brancos americanos? No fundo, qualquer música boa é música boa? Rock seria a escolha certa. Mas rock é coisa de branco, eu nem sabia disso.] Não preciso de música.

**Cena de sexo favorita:** *Giselle.* [Ninguém conhece *Giselle*, então serve para criar uma curiosidade? No encontro a pornochanchada pode ser um bom tema de conversa, vai dar a impressão de sintonia com a cultura do povo brasileiro.]

**Melhor ou pior mentira que já contei:** Não sou brasileiro. [Não é bom repetir coisas que têm a ver com o Brasil. Podem acabar descobrindo que sou imigrante ilegal. Pelo mesmo motivo a profissão é um problema. Quem vai querer sair com um pintor de paredes que, quando não namora faxineiras, aluga putas coreanas?] Eu não minto. [Esta não é uma saída original. O que porém não é um problema. É difícil ser original; é difícil ser original por escrito; é difícil ser original em inglês.]

**Se pudesse estar em outro lugar agora:** [Oportunidade para ambição? Simplicidade? Saudade, óbvio que não. Afeganistão ou Iraque pegariam bem? Essa linha de bem comum pode funcionar. Onde mais o bicho está pegando? Ou que tal dar uma ideia de férias? Uma ideia de sexo? A Mansão Playboy deve soar muito cafajeste. Um seriado ou um filme? De verdade: não tenho a menor ideia de onde gostaria de estar. Dependendo da mulher, olha o problema que vai ser desenvolver uma conversação. Acho que é melhor fazer o tipo realista, correndo o risco da criatividade zero.] Aqui. [O que não deixa de ser verdade.]

**Cinco itens que não posso viver sem:** [O básico ou o supérfluo? Uma combinação dos dois pode ser interessante.] Kit de higiene dental [pessoa asseada é sempre confiável]; TV a cabo, internet; aviões [toque cosmopolita que vai exigir mais mentiras, pois não posso sair daqui]; conversa inteligente [toque intelectual]; sonhos [toque poético].

**Preencha:** [Esta é impossível. Ou talvez...] <u>Brasil</u> é sexy; <u>o mundo</u> é mais sexy. [Possivelmente a única resposta esperta até agora.]

**No meu quarto você vai encontrar:** [Mais dez brasucas que pintam paredes, passeiam cachorros, fazem faxina, tomam conta de bebê, misturam cimento, dirigem caminhonete de empresa brasuca de mudanças, limpam cozinha de chinês. Quem está em melhor situação trabalha de balconista no comércio dos brasucas. Quando acontecer de levar uma gringa para casa vai ter que ser num dia combinado para que o resto não apareça. Vai dar trabalho esconder as coisas deles.

Agora, no quarto de quem a alegada gringa vai estar? Melhor correr para coisas abstratas.] Amor e aventura. [O primeiro vai afastar as que não querem compromisso. Tópico a ser retrabalhado mais para a frente.]

**Por que você tem que me conhecer:** Porque sou sincero e criativo.

**Mais sobre o que estou procurando:** Mulher sincera e criativa. [Péssima resposta, total falta de criatividade. Mais um tópico a ser retrabalhado, caso nenhuma se interesse pelo anúncio.]

**Mudar de cidade?:** Não.

**Ocupação:** [Tem gente que prefere não informar. Um erro, porque cria desconfiança. Qual é a mentira que dá para sustentar? Alguma coisa na linha do imigrante que tem um trabalho de dia e de noite se dedica ao talento, como fazem tantos garçons aqui. Uma profissão que não tem a ver com domínio da língua, porque cinco minutos de papo vão desarmar a versão. Mais um tópico a ser retrabalhado.] Empreiteiro. [Fica perto da verdade. Pode ser até que pintem clientes.]

**Educação:** [Eles têm essa coisa de quem largou a faculdade. Então dá para dizer...] Segundo grau.

**Etnia:** Latino.

**Línguas:** Português e inglês.

**Religião:** Espiritual. [Tomara que isso seja uma coisa vaga, não seja espiritismo.]

**Status de relacionamento:** Solteiro.

**Tem filhos:** Não. [Um item que nunca vão poder checar, hehe.]

**Quer filhos:** Sim. [Politicamente correto, o momento não é bom para quem não acompanha o rebanho.]

**Interesses:** [Isso já está parecendo ficha policial. Escolhi o site errado, definitivamente. Quem trabalha 14 horas por dia se interessa pelo quê? Pela folga, pelas férias, pelo dinheiro remetido para o Brasil. Conhecer uma gringa carente e rica muito a fim de dar dinheiro para o amante. Juntar logo dinheiro para comprar uma casa no Brasil e voltar.] Conhecer pessoas, viajar.

**Meus bens:** altura, 1,68m, peso, 83kg [vai tudo no sistema nosso mesmo, o acesso é discado, converter on-line vai alongar o tempo, e depois não dá para calcular quantos Big Macs mais pesado fiquei;]; cabelos, pretos [engraçado como os supermercados estão cheios de tintura para homem, vou usar.]; olhos, marrons; tipo de corpo, acima do peso; hábitos de bebida, socialmente [cerveja com pizza]; fumante, não.

Pelo sistema pago, você pode disparar quantos e-mails quiser. O problema é o acesso discado. Boa economia é mandar o mesmo e-mail para cada perfil interessante — para cada foto interessante, essa é que é a verdade. O perfil é só um detalhe.

Agora, o problema da foto. Vai que minha mulher acaba descobrindo. Difícil, mas não impossível. Alguém daqui vê e dedura, ela acessa lá, no computador não sei de quem. Se bem que outro dia ela disse que estava separando uma parte do dinheiro que eu mando para comprar um computador. Que coisa, pagar para ser vigiado.

Mas sem foto as chances caem muito. Agora, não adianta ter foto se você é feio. Eu não sou feio. Pelo menos não para essas normais daqui. Normais, digo, americanas brancas e gordinhas que gostam de beber e dançar imitando as negras. Muitas gostam de latinos justamente porque são gordinhas. Marginais atrás de marginal. Gostam de latinos magros. Eu não sou um latino magro, tem esse problema.

Agora, quando você por alguma razão prefere não postar foto, o que você faz? Ataca as que não colocaram fotos, que, como você, ou não são bonitas ou se escondem porque são casadas ou porque têm medo da fofoca no trabalho.

Pelo menos é o que eu leio por aí. Ainda está para acontecer o primeiro encontro. As mensagens que enviei continuam sem respostas. Também até agora ninguém se interessou pelo meu perfil.

A dúvida é: pagar mais para que o anúncio apareça com mais destaque ou tentar outro mercado?

Tentar outro mercado. Diversificar o investimento.

Quais seriam os segmentos interessantes para um sujeito feito eu?

Podia ser o do pessoal sadomasoquista. Sempre tive essa tara de espancar umas americanas. Em Astoria, não espanco nem brasileira nem grega. Trancado aqui é que não vou espancar americana mesmo.

O problema é preencher a lista. Como é que eles dizem que querem sexo, se antes você tem que preencher tudo isso?

| Atividade/Fetiche | Sim ou Não |
| --- | --- |
| Abrasão | Não [?] |
| Infantilidade | Não [?] |
| Sexo anal | Sim [!] |
| Plugue anal pequeno | Ativo |
| Plugue anal grande | Ativo |
| Plugue anal (sob as roupas, em público) | Ativo |
| Fantasia de animal | Sim [Não é má ideia.] |
| Asfixia | Não [Um brasuca entrou nessa e acabou matando uma menor de idade.] |
| Leilão | Não |
| Tortura no saco e no pau | Não [Não sou bicha.] |
| Disciplina no banheiro | Não [? Nisso que dá povo que não usa bidê.] |
| Bestialismo | Não [No passado, porém... Hehe.] |
| Bater (com força) | Depende [Resposta política.] |
| Bater (de leve) | Depende [Resposta política.] |
| Vendas | Sim |
| Mordida | Sim |
| Pressão nos peitos | Sim [? Não sei o que é isso.] |
| Controle da respiração | Sim |
| Marcas permanentes | Depende [Resposta política.] |

| | |
|---|---|
| Lamber botas | Não |
| Imobilização (leve) | Sim |
| Imobilização (pesada) | Depende [Minha experiência nessas coisas é zero, mas...] |
| Imobilização (durante mais de um dia) | Não [Que tipo de maluca encara um negócio desse?] |
| Imobilização (pública, sob as roupas) | Sim [Gosto dessa ideia.] |
| Chicotear os seios | Sim |
| Chuveiro marrom | Não [Nunca, nem se fosse condição para pegar a melhor das melhores.] |
| Trancar na gaiola | Não [? Mas até que seria divertido. Lugar perfeito para trancar a patroa. E jogar a chave fora.] |
| Varada | Sim [Acho que sim, quer dizer, agora já não sei se as pessoas que gostam dessas coisas gostam mesmo de sexo.] |
| Fantasia de castração | Não [!] |
| Cateterismo | Não [?] |
| Unidade TENS | Não [Eles gostam de levar choque! Minha mulher me mandaria para a cadeia ou para o hospício, se eu viesse com esse papo.] |

| | |
|---|---|
| Trancar no armário/na cela | Não |
| Correntes | Não |
| Penico | Não |
| Cinto de castidade | Não |
| Chofer | Não [Então existem criaturas que ficam excitadas bancando motorista? Eu dirijo van de mudança e não fico. O que está errado comigo?] |
| Enforcar | Não |
| Serviço doméstico | Não [Quer dizer, eu poderia ser empregado de uma madame, não poderia?] |
| Pregador de roupa | Não |
| Anel peniano | Não [Não é simples ter pau neste país.] |
| Veneração peniana | Sim [Claro!] |
| Coleira (privada) | Não |
| Coleira (em público) | Não |
| Competição (com outros submissos) | Não |
| Corpete (casualmente) | Sim |
| Corpete (redução de cintura) | Não |
| Algemas (couro) | Sim |
| Algemas (metal) | Sim |

| | |
|---|---|
| Cortar | Não |
| Fraldas (usar) | Não [Isso só pode ser coisa de quem não tem filho.] |
| Fraldas (molhar) | Não |
| Consolos | Ativo |
| Dupla penetração | Sim [Melhor dividir uma gostosa que ficar na mão.] |
| Eletricidade | Não |
| Enema (limpeza) | Não [Realmente, são obcecados por merda.] |
| Enema (retenção/punição) | Não [Como assim?!] |
| Castidade forçada | Não [O camarada fica excitado quando não pode ficar excitado?] |
| Dança erótica | Sim |
| Exames | Sim [E eu que achava que brincar de médico era coisa de criança...] |
| Exercício (forçado) | Não [Em vez de comer a gostosa, vou mandar ela fazer abdominal?] |
| Exibicionismo (amigos) | Não |
| Exibicionismo (estranhos) | Não [Mas, pensando bem, pode ser divertido humilhar gringa.] |
| Contato visual (restrição) | Não [Quero esses olhos de bola de gude pra mim, ora.] |

| | |
|---|---|
| Tapa no rosto | Sim [Disso eu gosto mesmo.] |
| Fantasia de abandono | Não [O brasileiro ou é feliz na cama ou não sabe nada de sexo, é isso?] |
| Fantasia de estupro | Depende [Resposta política.] |
| Medo | Sim [Não entendo, mas se eu só responder não, quem vai querer trepar comigo?] |
| Punho (anal) | Sim [Vi em filmes pornô; gostei.] |
| Punho (vaginal) | Sim |
| Fogo | Não |
| Obedecer | Sim [Se eu mandar.] |
| Podolatria | Sim [?] |
| Alimentação forçada | Não |
| Homossexualidade forçada | Fornecendo [Nada mais bonito que ver duas mulheres transando.] |
| Heterossexualidade forçada | [Não entendi; vai ficar em branco.] |
| Masturbação forçada | Sim |
| Nudez forçada (privada) | Sim |
| Nudez forçada (envolvendo terceiros) | Não [mas bem que seria sensacional, humilhar...] |
| Servidão forçada | Não [Idem.] |

| | |
|---|---|
| Capuz na cabeça inteira | Não [Quero que a vagabunda não tire os olhos de mim, ora.] |
| Mordaça (tecido) | Não [Qual é a graça? A boca tem que estar sempre pronta.] |
| Mordaça (inflável) | Não [Idem. O problema, de novo, é restringir as escolhas. Tirando as malucas que gostam desse tipo de coisa, quem vou pegar?] |
| Mordaça (fálica) | Não [Ao mesmo tempo, se evito uma imagem radical, posso passar por bundão.] |
| Mordaça (borracha) | Não [Que é o que eu sou, pelo menos segundo esta lista. Agora, também não adianta vender a imagem radical e, na hora, ficar vendido.] |
| Mordaça (fita adesiva) | Não [Por exemplo: quem podia imaginar que tem gente que gosta de um tipo e não gosta de outro tipo de mordaça? Eu nunca nem vi uma mordaça.] |
| Máscara de gás | Não |
| Sexo genital | Sim [Realmente, esse povo não existe.] |
| Chuveiro dourado | Não [Sim se eu fornecer, mas qual será o código dessa gente? Quem dá também recebe?] |

| | |
|---|---|
| Brincadeira com arma | Não [Coisa de maluco.] |
| Palmada de escova | Sim [Melhor mostrar que você conhece coisas específicas. Dá até para jogar um papo de que você é um sujeito caseiro, então gosta de valorizar as coisas da casa, hehe.] |
| Puxar cabelo | Sim |
| Masturbação (fornecendo) | Sim |
| Masturbação (recebendo) | Sim |
| Haréns | [Esta fica em branco, fazer o quê.] |
| Ter a comida escolhida para você | Sim [Quando for jantar com uma coroa rica.] |
| Ter roupas escolhidas para você | Sim [Banho de loja de coroa rica.] |
| Sexo oral (fornecendo) | Sim |
| Sexo oral (recebendo) | Sim |
| Banho de língua (não sexual) | Sim [Pra trepar neste país o sujeito tem que fazer curso, não é possível.] |
| Cera quente | Não [Depilação dá prazer? Ou não é depilação?] |
| Trabalho doméstico | Não [A menos que se trate da hipotética coroa rica.] |
| Brincar de cachorro | Não |

| | |
|---|---|
| Humilhação (privada) | Sim [Foda-se. Se não der certo, depois mudo.] |
| Humilhação (pública) | Não [Já é humilhante dirigir van de mudança, obrigado.] |
| Hipnose | Não [Sexo, para essa gente, é coisa de circo?] |
| Cubos de gelo | Sim [Vi num filme normal, nunca fiz.] |
| Imobilização | Sim |
| Ritos de iniciação | Não [Quer dizer, depende. Parece bom ser iniciado, vamos ver, num país em que todo mundo tem que ter um conhecimento específico.] |
| Injeções | Não |
| Amarração japonesa | Não [Gosto da ideia de imobilizar, mas não sei fazer isso aí.] |
| Interrogatório | Não |
| Sequestro | Não. [De repente uma oportunidade pra usar a pobreza brasileira como tática de sedução, sei lá.] |
| Brincadeira de faca | Não |
| Roupa de couro | Sim [Tenho uma jaqueta legal.] |
| Bronca por mau comportamento | Não |

| | |
|---|---|
| Lingerie (vestir) | Não [Quer dizer: vestir quem? Às vezes a pergunta é confusa. Quando era criança vesti no banheiro da casa de um amigo meu uma calcinha da irmã dele, mais velha, pra me masturbar. Não sou homossexual. Fiz isso, e nem me lembraria se não fosse esta lista, fiz isso porque eu queria comer ela.] |
| Manicure (ativo) | Não |
| Massagem (ativo) | Sim |
| Massagem (passivo) | Sim |
| Posar para fotos eróticas | Sim [De novo, essa história de ter a sua imagem escancarada é muito perigoso. Mas é o tal negócio: eles adoram aparecer. É um povo com a melancia no pescoço.] |
| Mordida na boca | Sim |
| Mumificação | Fornecendo [Não tenho muito tempo de conexão, esse papo de que vamos passar pra banda larga...] |
| Mudança de nome (para uma cena) | Sim [Aqui já mudei de nome: era José, virei Joe, virei Jece.] |
| Mudança de nome (legal, permanente) | [Sim ou não? Sim, você é o imigrante desesperado. Não, você é normal? Fica em branco.] |

| | |
|---|---|
| Tortura do bico do peito | Sim [Não tem erro: eles são devotos dos peitos. Então se você venera o peito, elas topam qualquer parada.] |
| Lamber o cu | Sim [Outra questão meio delicada, numa terra em que não tem bidê. Eu na verdade nunca tinha pensado nisso, quer dizer, em fazer ou receber. Até que de repente me deu vontade. Minto: não foi de repente. Foi depois que eu mexi nuns pertences de um cliente. O cara, um banqueiro brasileiro que estava preso, tinha umas fotos. Peguei uma. Fiquei com isso na cabeça. O problema aqui é não espantar a galera. Podem pensar que você não se protege. Por que o tópico não tem uma coisa fazendo a diferença entre cair de boca direto e usar uma proteção?] |
| Controle do orgasmo | Sim [Orgasmo se controla?] |
| Cena ao ar livre | Sim [Praia!] |
| Sexo ao ar livre | Sim [!] |
| Dor (severa) | Não [A ser negociada, mas nesta maldita lista não dá para abrir a janela da negociação.] |
| Dor (moderada) | Sim |

| | |
|---|---|
| Modificação da personalidade | Sim [Eu quero ser cidadão.] |
| Telessexo | Sim |
| Piercing (temporário) | [Não gosto de coisa de índio.] |
| Piercing (permanente) | [Idem.] |
| Cirurgia plástica | [Cada um com seu cada um.] |
| Cena de prisão | [Idem.] |
| Escravidão equina | [Como vou virar para uma gringa e dizer que ela é minha pangaré?] |
| Exposição pública | Sim [E eu vou deixar de desfilar por Astoria com uma gringa a tiracolo?] |
| Cena de punição | Sim |
| Cenas religiosas | Não |
| Roupa de borracha/látex | Sim [Elas ficam lindas, vi na internet. Brasileira fica ridícula.] |
| Cicatriz | [Quando minha irmã quis furar as orelhas minha avó disse que furar orelha era coisa de índio.] |
| Privação do sono | [Como o sujeito vai trepar se não descansou?] |
| Saco de dormir | [?] |
| Espancar | Sim |
| Espéculo (anal) | Sim [?] |
| Espéculo (vaginal) | Sim [?] |

| | |
|---|---|
| Cuspir | [?] |
| Camisa de força | Não |
| Consolo na cinta (chupar) | Não |
| Consolo na cinta (penetrado) | Não |
| Consolo na cinta (usar) | Não [A coisa mais impressionante que vi aqui até agora foram as sex shops de Manhattan no sábado: só dá mulher. E dá vontade de chegar junto e dizer pra todas elas que, já que todo mundo ali quer a mesma coisa, por que não dispensar a loja e ir direto ao assunto? Só que se o sujeito faz uma abordagem dessas periga acabar preso por assédio. Como pode?] |
| Suspensão | Sim [Até hoje, nem quadro pendurei na parede. A tática é fingir e, se for o caso, depois estudar. Na hora de fingir, vai ser difícil fugir de perguntas técnicas. Problema.] |
| Suspensão (invertida) | Sim [Idem.] |
| Suspensão (horizontal) | Sim [Idem.] |
| Fornecer novos parceiros ao seu Dono | Não. [Num país tão competitivo, como pode alguém achar que isso é uma coisa excitante?] |
| Engolir fezes | Não |

| | |
|---|---|
| Engolir sêmen | Não [Apesar de que uma vez rolou um beijo que eu gostei, tenho que confessar.] |
| Engolir urina | Não |
| Troca de casal | Não [Mas, de novo, a gente vai mudando o perfil conforme a taxa de fracasso.] |
| Tatuagem | Não |
| Algemas de dedo | [O que respondi mesmo nas algemas lá em cima? Ah.] Sim |
| Penetração tripla | Sim [Melhor dividir uma gostosa que comer mocreia.] |
| Uniforme | Não [A única estrangeira que peguei até agora foi uma grega que um dia me sai do banheiro vestida de Batgirl. Brochei de tanto rir, e o caso morreu ali, lógico. Por que essa gente adora se fantasiar?] |
| Humilhação verbal | Sim [Pegando a vítima certa ela vai ouvir muito.] |
| Vibrador | Sim [Elas adoram, né? Agora, quanto vai custar essa brincadeira? O sujeito precisa fazer um dinheiro pra comer malucas. Dinheiro que eu não tenho. O jeito é diminuir a remessa da mesada, inventar uma desculpa qualquer.] |

| | |
|---|---|
| Voyeurismo | Sim [Palavra nova pra mim.] |
| Voyeurismo (ver seu Dono com outros) | Não [Quer dizer que existem aquelas que gostam de ver o homem delas com outras? Tinha que encontrar uma dessas!] |
| Vídeo (vendo outros) | Sim |
| Vídeo (seu) | Sim |
| Tortura de água | Não [Tem gente que gosta de dar caldo na piscina?] |
| Depilação | Sim [Detesto mulher peluda.] |
| Joia simbólica | [O que é isso? Aliança de casamento?] |
| Aumento de peso (forçado) | [Não é possível que alguém queira que a mulher engorde. É?] |
| Perda de peso (forçada) | [?] |
| Chicote | Sim |
| Luta | Sim [Taí. Nunca fiz isso. Deve ser muito bom lutar com uma mulher. Quer dizer, lutar pra ganhar. Perder seria a maior humilhação.] |

Várias mensagens despachadas para anúncios femininos sem foto, no site careta e no site dos malucos. Nenhuma resposta. Nenhuma visualização do meu perfil ainda. Vou ter que gastar mais um dinheiro para que os perfis tenham mais destaque na lista de cada site, "assinatura ouro" ou coisa assim.

Anúncio interessante: mulher entre 35 e 40 anos querendo experiência de dominação leve, moradora de Nova Jersey — se for brasileira estou fora. Não tem interesse em relacionamento, então deve ser casada. Diz que está acima do peso — sinal de honestidade ou mentira de baleia? Tem interesse em várias coisas: humilhação verbal, bronca por mau comportamento, imobilização leve, obedecer, coleira usada em situação privada. Quer dizer: deve precisar de muita pirocada. Nome no perfil: Mulher Americana Submissa. Diz que procura homens, mulheres, casais. O que vier é lucro. Perfeita para mim: o que vier eu traço. Mas uma coisa que não entendo: mulher que diz que também gosta de mulher gosta de homem? Gosta mesmo? Homem que diz que também gosta de homem gosta mesmo de mulher?

A resposta dela à mensagem: Vai aprender inglês, ou pelo menos use uma ferramenta de gramática.

A resposta da Escrava Gorda: Com esse inglês não creio que você seja capaz de humilhação verbal.

A resposta da Duas Tetas Grandes: Quero submissão 24 horas por dia — a *sua* submissão. Você leu errado o meu anúncio.

A resposta da Garota Toda Americana: Não faço latinos.

A resposta da Garota da Porta ao Lado: Desculpe, mas pelas suas medidas você deve ser ou musculoso ou gordo. Acho que é gordo. Não aguento mais essa conversa dos caras dizendo que já foram atléticos. Quero homem em forma. Se você estivesse em forma, destacaria isso no anúncio. Tchau.

A resposta da Sarcástica Sexy: Gente sincera é perdedora.

A resposta da Pimenta Loura: "Amor e aventura" só se encontram no seu *quarto*? Amor e aventura estão na cozinha, no chuveiro e até, ou principalmente, na escada do prédio.

A resposta da Jackie Intelectual: Não saio com quem gosta de Paulo Coelho.

A resposta de Manhattanette: Não saio com gente do Queens.

A resposta de Miss Joanna: Você tem problemas de atenção ou de compreensão. Não gosto de mulher. Respondi: Vai se foder, dizendo que ela é quem tem problemas de atenção ou de compreensão.

Todas as outras não responderam. Sessenta e tantos dólares, mais o tempo de conexão, para nada. Nove respostas negativas foram o retorno para quase cinquenta mensagens enviadas. Não sei se tenho tempo para isso. Não sei se tenho tempo e dinheiro para fazer mudanças nos perfis. Um computador para dez pessoas. Dois banheiros e três quartos para dez brasucas. Um salário de merda para pagar as contas e remeter o que sobra. Não sei o que eu estou fazendo aqui, nesse frio desgraçado.

Agora, mais essa. A porcaria do site sadomasoquista reconheceu o usuário errado. "Alô, XXXMarcia", em vez de "Alô, Jece". Desconecta, reconecta, ele continua pensando que sou "XXXMarcia". A desgraça do atendimento promete responder e-mail em no máximo 24 horas. Se tem ajuda por telefone, onde está? O pior é que tem. Tem e não é 0800. Por isso está escondido no pé da página de abertura. O negócio seria meter um processo. Prejuízo por serviço ruim. Dano moral. Pagamento das despesas médicas, por causa de depressão do usuário. A depressão impediu o usuário de trabalhar. Depressão de um estrangeiro que é claro que tem todas as dificuldades de estabelecer relações sociais. Ainda mais no atual ambiente deste país. O país vem tratando muito mal seus visitantes e seus imigrantes.

Presta atenção. Alguém solicitou mensagem instantânea.

sjpreal: Com licença. Acabei de ler seu perfil e achei interessante. Está disponível?

XXXMarcia: [Mais dinheiro... Pagar para brincar... Isso não faz sentido, mas vamos lá. Serve de aquecimento, treino. Pensar depressa, teclar depressa.] Sim, estou disponível.

sjpreal: Vc é mesmo dominadora?

XXXMarcia: [?] Sim. É o que está escrito no meu perfil, não? [Então existem mulheres dominadoras... Pensei que isso fosse coisa exclusiva de homem. E de gay.]

sjpreal: Então pq seu nome d tela não tá todo escrito com letras capitais?

XXXMarcia: Porque... eu... [Melhor dizer a verdade.] Não sabia disso, quer dizer, não tenho experiência...

sjpreal: Não tem exp. d dominadora?

XXXMarcia: Não, não. Internet é uma coisa nova pra mim. Quer dizer, encontrar pessoas na internet.

sjpreal: É o gde experimento social do nosso tempo.

XXXMarcia: É.

sjpreal: Por isso tb q vc escreve as palavras inteiras? Ou então tem bastante tempo. Hoje eu estou com tempo. Vou escrever como você.

XXXMarcia: [Onde vou encontrar um dicionário de mensagem instantânea? Alguém aqui de casa pode me ensinar a escrever assim?] Obrigado.

sjpreal: Eu também tenho muito a aprender. Mas isso eu posso ensinar: nomes de telas de dominantes são escritos em letras capitais.

XXXMarcia: Ah, é por isso que o seu nome tem letras pequenas.

sjpreal: Certo.

XXXMarcia: Qual é o significado?

sjpreal: Do quê?

XXXMarcia: Do seu nome de tela.

sjpreal: Pode prometer que não vai rir?

XXXMarcia: Sim, eu prometo.

sjpreal: Certeza?

XXXMarcia: Sim!

sjpreal: Sarah Jessica Parker de verdade.

XXXMarcia: [! Confessar ou não confessar a ignorância de XXXMarcia? Confessar estraga o treinamento, sjpreal sairia da conversa. Não confessar pode manter o papo e o treino e assim aumentar a conta do telefone.] É um nome bonito.

sjpreal: Você não sabe quem é Sarah Jessica Parker!?

XXXMarcia: Não. Ela é importante? [Se ela é a Sarah real, quem é a verdadeira? Qual a diferença? O que essa mulher está querendo dizer?]

sjpreal: Você não é americana, é?

XXXMarcia: Sou brasileira.

sjpreal: Uau! Eu quero muito conhecer o Brasil.

XXXMarcia: E você é...?

sjpreal: Eu sou da Austrália. Moro em Connecticut e trabalho em Manhattan. Você mora em Nova York, pelo que li. Já esteve em Connecticut?

XXXMarcia: Não. [Se eu disser que nunca estive porque trabalho muito e falta tempo para viajar, ela vai perguntar qual é o meu trabalho. Se eu disser... Ei, calma. Você não é a XXXMarcia. Pode dizer o que quiser. Pode inclusive dizer a verdade, que não é a verdade da XXXMarcia, e ver que bicho vai dar. Boa ideia.] Trabalho muito, é difícil viajar.

sjpreal: O que você faz?

XXXMarcia: Mudanças. Dirijo uma van de uma companhia de mudança.

sjpreal: Gostei da sua sinceridade. Tenho que admitir — eu espero que você entenda — que ainda preciso saber o que estou procurando.

XXXMarcia: [Essa Sarah ou seja lá quem for parece uma pessoa do bem. Chegou a hora de a XXXMarcia dizer a verdade. XXXMarcia também é uma pessoa boa, não é?] Olha, talvez eu seja bem diferente do que você pensa.

sjpreal: Isso é bom! Escuta, eu preciso ir agora. Você... gostaria de bater papo comigo novamente, outro dia? Você pode colocar foto?

XXXMarcia: Sim.

sjpreal: Envia sua foto, e então eu envio a minha.

XXXMarcia: [Boa maneira de terminar esse relacionamento. Ela vai ficar puta, mas a XXXMarcia é quem é boa nessa história toda.] Lá vai. [Seria muito bom se esse computador tivesse câmera. Queria ver a cara dela quando abrir a foto da XXXMarcia. Pra aprender a deixar de ser otária. Como esses americanos são bobos, quer dizer, essa aí diz que é australiana. No fim é tudo a mesma coisa.]

sjpreal: Gostei da sua foto. Aí vai a minha.

XXXMarcia: [Gostou? Gostou de teclar com um mentiroso e da foto dele? E ela parece bem razoável. Gordinha, na foto. Quase bonita. É bonita. Dá pra encarar fácil. Será que ela quer me dar uma volta? O que aconteceu comigo na hora de logar pode ter acontecido do outro lado também. Pagar pra ver. Jogar dinheiro fora com mulher que não vai te dar é uma coisa. Jogar dinheiro fora com homem que finge que é mulher é outra, bem diferente. Os meus *roommates*, se soubessem, me chamariam de gay. Eles já não vão muito com a minha cara, eu sei. Têm inveja por causa do visto. Não tenho culpa se meu pai trabalhou pra família no Brasil, antes que eles começassem a fazer dinheiro aqui. Não tenho culpa. Tenho visto mas não tenho dinheiro. Se tivesse dinheiro estaria morando nessa porcaria de casa, dividindo quarto e banheiro com gente que eu nem conheço?]

sjpreal: Como é mesmo que vocês dizem adeus no Brasil?

XXXMarcia: Tchau.

sjpreal: Eu conheço um brasileiro que mora em Connecticut. Mais tarde posso falar dele. Você estaria livre amanhã pra gente conversar? Nessa mesma hora? Se não puder, manda um e-mail pra sjpreal@hotmail.com, certo?

XXXMarcia: Certo.

Será melhor mandar e-mail perguntando se sjpreal é na verdade um homem? Jece tecla com John? E se ela for homem, vai responder mesmo que é homem?]

sjpreal: Tchau.

XXXMarcia: Tchau.


O próximo passo, qual é o próximo passo? Mandar e-mail. Mandar e-mail dizendo o quê? Mandar e-mail confirmando a próxima sessão de bate-papo. Na sessão de bate-papo, tudo correndo bem, perguntar se ela topa um encontro. Problema: pagar o encontro. Na ponta do lápis, vai acabar sendo mais caro sair com uma gringa, sair só, sem a certeza de um sexo, que comer uma puta coreana, que dizem ser as mais baratas da cidade. Aí é curioso. Se as putas são mais baratas que uma noite com uma gringa, tem o outro lado. Dizem que as putas daqui não beijam na boca. Então beijo na boca de uma gringa normal é mais caro que sexo pago. Porque você pode beijar uma gringa numa saída sem que na sequência ela resolva dar pra você, e você paga a conta e está pagando a internet e o serviço de encontros. Já sexo sem beijo na boca perde um pouco da graça, e você está pagando por um serviço incompleto. E beijo na boca sem sexo dá raiva, quando chega a conta. Solução seria voltar pro Brasil.

O próximo passo de verdade é mandar e-mail pelo meu endereço verdadeiro. O site funcionando direito, não vai dar mais para entrar como XXXMarcia. XXXMarcia não pode mandar e-mail para sjpreal@hotmail. Jece não sabe como virar XXXMarcia no e-mail. Ao mesmo tempo, sjpreal ignora a existência de Jece. O que Jece tem a fazer é dar umas incertas no site para flagrar sjpreal on-line. E convidar para uma conversa. Como se nunca tivesse teclado com ela. O que é verdade. Jece e sjpreal não se conhecem. Então Jece tem que estudar a sessão de bate-papo para ver que pontos podem ser explorados na futura conversa com sjpreal. Se sjpreal topar conversar com Jece. Jece deveria ter mais habilidades de computador, ter pelo menos noções de hacker para poder usar o perfil de XXXMarcia se sjpreal achar Jece desinteressante. Jece não pode mandar foto pelo bate-papo nem pelo e-mail.

Se sjpreal vê a foto, o que acontece? Descobre que XXXMarcia e Jece são a mesma pessoa. Perde a confiança. Adeus.

Tudo muito complicado, talvez seja melhor Jece desistir de sjpreal. O dono de Jece trabalha 12, 14 horas por dia. Só pode usar o computador antes ou depois do trabalho, e mesmo assim tem que ver se o computador está vago. O dono de Jece divide quarto, banheiro e computador com um monte de brasucas. Vai esbarrar em sjpreal como? Só por acaso. Ou Jece toma a iniciativa de mandar e-mail para sjpreal e espera para ver se ela responde, ou a chance de encontrar sjpreal logada e aí puxar papo vai ser bem pequena.

Outra possibilidade é Jece procurar um novo site sadomasoquista. Procurar para ver se existe no novo site uma XXXMarcia. Se não existe, Jece abre um perfil com esse nome. E de lá envia e-mail para sjpreal dizendo que acha este site melhor. Ou também Jece pode procurar serviços de e-mail de graça para ver se eles têm registro de XXXMarcia. Não tendo, tudo certo. Contato de XXXMarcia e sjpreal retomado.

Tudo muito complicado e caro. O melhor é esquecer sjpreal, partir pra outra.

Alguém dentro desta casa está me sacaneando. De novo logado como XXXMarcia. Suspeita: tem uma brasuca nova que todo mundo acha que é sapata e ela não abre o jogo. Um dia cheguei do trabalho mamado, olhei para ela de um jeito diferente e parti pra dentro. Ela me botou pra correr. Eu achava que ela vinha dando condição. Sempre puxando conversa. Sempre interessada no que eu estava fazendo, como se realmente dentro desta casa tivesse muita coisa para fazer. Os brasucas acham que ela carece de pontos fortes. E tem às vezes um comportamento meio azedo. Quando fui pra cima dela, ela me botou pra correr simplesmente me ignorando, como se eu não existisse. Vai ser orgulhosa assim no caralho. Vem de família pobre, dá pra ver. O inglês não é lá essas coisas, dá pra ouvir. Mas ela fica me olhando. Está em casa agora. Vai ao banheiro, me espia. Me espia com raiva. Volta, a mesma coisa. Se ela tem habilidade no computador a esse ponto, não sei. Só sei que ninguém gosta dela, e ela não gosta de mim. Quem mais? Só tem idiota nesta casa. Quem é assim que nem ela, que fala pouco, ou tem muita inteligência ou não tem nenhuma. O resto do povo fala o tempo todo. Silêncio, aqui, não existe. Falam de coisas que detesto, como beisebol e futebol americano. Gostam de música de negro e de roupas de negro, que também detesto.

— Foi você, não foi?

Ela passa e não responde.

— Foi você, que se acha importante demais pra fazer faxina. Tá querendo me sacanear. Mas vai ter volta. Presta atenção que vai ter volta. Não sou qualquer um, vagabunda. Tenho segundo grau completo, tenho carteira de motorista profissional, tenho visto de trabalho. Você tem o quê? Essa cara de quem não trepa, só isso. Só isso.

Nem sei quem mais está em casa agora. Sei que quem estiver deve estar do lado dela. Porque ela deu pra eles e não deu pra mim. Só por carência. Não consegue se assumir e, para não ficar na mão, se aproveita desse bando de gente mal resolvida.

— Não adianta você se esconder. Vai ter volta!

Um deles vem me pedir calma, saber o que está acontecendo comigo. Por que não me deixam em paz?

sjpreal: Oi!

XXXMarcia: [Oba!] Ah, oi... Como vai vc?

sjpreal: Muito trabalho. E você, não está trabalhando?

XXXMarcia: Vou trabalhar + tarde. Não temos cliente nesta manhã. Só depois do almoço.

sjpreal: Tem uma coisa que eu queria dizer...

XXXMarcia: [Lá vem bomba. Ela vai desistir.] Sim?

sjpreal: Hoje eu vou ao salão...

XXXMarcia: Sim?

sjpreal: Vou usar uma cera brasileira...

XXXMarcia: [Tá na mão, tá na mão!] OK.

sjpreal: Você gosta?

XXXMarcia: Gosto muito.

sjpreal: Eu sei que o meu marido não vai gostar.

XXXMarcia: [Marido?] ...

sjpreal: Eu sou casada. Você tem alguém?

XXXMarcia: Não. [Como fui esquecer de procurar e estudar o perfil de XXXMarcia?]

sjpreal: Meu marido é muito conservador. Por exemplo, eu adoraria ter uma tatuagem. Uma tatuagem pequena, algumas flores ou uma borboleta. Mas ele é conservador e nossos amigos também são. Eu sei que todos eles acham tatuagem uma coisa vulgar. Mas eu acho que os meus filhos não se importariam.

XXXMarcia: [E agora?] Entendo. [Resposta de quem não sabe o que dizer.]

sjpreal: Como você pode ver, ele me domina.

XXXMarcia: Sim.

sjpreal: Mas ele não me domina como eu quero ser dominada, entende?

XXXMarcia: Sim.

sjpreal: Escuta, será que você estaria disponível para um encontro rápido? Eu estou gostando das nossas conversas, acho o seu perfil interessante. Então eu gostaria de conhecer você melhor.

XXXMarcia: [O trabalho que eu tive para preencher o maldito perfil no site sadomasoquista! Acho que nem se pedisse empréstimo num banco teria que preencher tanto formulário. Aí ela vem e diz que gostou do perfil da XXXMarcia...] Sim. Depende do dia e da hora.

sjpreal: Pra mim, tem q ser num dia d semana, na hora do almoço.

sjpreal: Tem certas coisas q eu quero, talvez você possa me dar.

sjpreal: Mas vai ser um encontro sem compromisso.

XXXMarcia: Espero q sim.

XXXMarcia: Ok. Nenhum problema.

sjpreal: Eu sinto q a gente tem uma conexão. Quem sabe?

sjpreal: ;)

XXXMarcia: ;}

sjpreal: Depois você me diz quando poderia me encontrar.

XXXMarcia: [Eu posso não entrar no login da XXXMarcia de novo.] Não podemos marcar agora?

sjpreal: Eu preciso checar minha agenda.

XXXMarcia: Você pode checar?

sjpreal: Eu gostaria q você me desse uma ordem.

sjpreal: ;0

sjpreal: Estou só brincando...

XXXMarcia: [Eu nunca dei ordens. Como vou dar ordens a uma pessoa que eu nem conheço? Minha vida é dirigir, embrulhar, carregar e descarregar. Minha vida no Brasil, quando tinha ordens, eram ordens que eu tinha que obedecer. Desde criança. Isso nunca mudou. Mas vai mudar. Agora vai.] MARCA O ENCONTRO AGORA.

sjpreal: Hum... Sim, eu vou marcar.

sjpreal: Vamos dizer... Na próxima segunda-feira, meio-dia? Você pode me encontrar no Bryant?

XXXMarcia: [Não sei o que é Bryant. Depois descubro.] OK.

sjpreal: Outra foto para você.

XXXMarcia: [Ela é bonita mesmo. Um pouco gorda. Se for uma gorda bem desenhada, tudo bem.] Maravilhosa.

sjpreal: Fico feliz que você goste. O número do seu telefone celular?

XXXMarcia: (917) 721-9183.

sjpreal: Te vejo lá.

XXXMarcia: OK. Bjs.


Problemas. O que essa mulher quer? Não viu que a foto não é da XXXMarcia? Na hora vejo se vale a pena perguntar. Se ela me tratar como trata nas mensagens, tudo bem. Se o que ela espera é uma dominadora, o que ela espera de mim? Vai que aqui Marcia é nome de homem. Ou vai que ela seja maluca. Se é maluca, o sexo está garantido. Aliás, ela veio com essa conversa de depilação, cera brasileira. Meio caminho andado. Agora, de qualquer maneira, preciso perder peso até lá. Ficar sem comer. Preciso pedir dispensa do trabalho. Hora do almoço é comer sanduíche. Tenho que ficar doente na segunda-feira que vem. O dinheiro. Mais uma despesa. Menos dinheiro para mandar para o Brasil. O dólar não para de subir, dizem que é por causa da eleição. Se esse cara vencer, o dólar continua alto. Vai dar para fazer uma casa boa. Tem mais é que vencer mesmo. É como dizia um velho lá: o berço da civilização brasileira são os Estados Unidos. Agora, enquanto isso, cortando a remessa eles ainda vão se segurar, não vão? Bryant é a praça atrás da biblioteca pública. Tem barzinho? Nunca estive numa biblioteca, muito menos num jardim de biblioteca. Paga para entrar? Meu pedido de cartão de crédito ainda não foi respondido.

Só não posso me empolgar. Esquecer de dar uma dura na sapata. Dar uma dura geral nessa casa. Só tem bandido. Qualquer dia a Imigração bate aqui, eles vão ser deportados. Ela diz que tem visto. Digo que não tem. Quando eu disse pra ela que ela não tinha visto ela ficou quieta. Deve pensar que eu é que não tenho. Mas tenho. Como é que não ia ter? Meu pai trabalhou com eles antes de ficarem ricos. Eles são gente boa. Duvido que empregassem gente que nem essa aqui, por exemplo.

— Quantas peças você quase quebrou na casa daquele magnata? Eu é que não vou pagar a tua conta.

Vou fazer que nem a outra faz comigo: ignorar.

— Passa mais uma camada. Tem que proteger direito, isso daí é vidro, é frágil.

— Me esquece.

— Faz o seguinte: embrulha só o que não for frágil.

— Vocês é que são frágeis. Eu tenho coragem. Coragem de me misturar. Quem é que embrulha vocês?

O que eu quero é achar um presente para a sjpreal. Ela é tão bacana... Merece uma lembrança boa. Pega bem chegar com um presente. Mostra educação e delicadeza. Eu tenho muita delicadeza com a mulher certa.

Quem mora aqui, não sei. Pode ser mulher. Pode ser homem. As roupas, os sapatos, os acessórios foram antes, então do armário não sai informação. Isso acontece muito. Os apartamentos não têm cara de homem, de mulher, de família. Têm cara de anúncio. E olha que a maioria dos clientes nem é de americano. Quase sempre brasileiros. Nunca vi uma casa de cliente que tivesse cara de casa brasileira. Agora, pessoa organizada, essa é. Preferiu deixar o pessoal trabalhando sozinho. Tudo separado direito, com as etiquetas do que não vai sair daqui. Uma coisa pequena, fofinha, será que não tem? Coisa que se sumir ninguém vai sentir falta. Mesmo problema: a mensagem que o presente transmite. Uma caixinha diz o quê? Não sei. Sei que dar uma coisa que tenha sido de um nova-iorquino vai transmitir coisa verdadeira. Muito melhor do que se eu comprasse um presente em loja. Coisas brasileiras? Uma fita VHS com a semana passada do *Jornal Nacional*? Uma caixa de paçoca? É o que dá para comprar em Astoria. Agora todo mundo bebe caipirinha, é o que diz a imprensa. Ainda não vi loja de brasuca vendendo kit caipirinha. Estão perdendo dinheiro. Então uma caixinha desse ou dessa cliente aqui é perfeita. Serve para guardar o que a sjpreal quiser e já vem com Nova York dentro.

A praça está cheia. Aqui todo mundo adora praça. Mesmo quando a praça é feia. Esta até que é bonitinha. Os prédios em volta é que estragam. Parece que vão esmagar a praça.

sjpreal combinou de me encontrar na esquina da Sexta Avenida. Naquele quiosque. Se ela for do tipo que come na rua, ótimo. Menos dinheiro gasto.

Revendo a estratégia. Explicar confusão sobre XXXMarcia, mas só se ela pedir explicações. Evitar perguntas técnicas. Falar sobre dominação de um modo geral. Dizer que no Brasil a cena sadomasoquista ainda é fraca, daí quem é do ramo chegou lá com muito esforço. É difícil encontrar instrumentos à venda. Dizem que é coisa de gente doente. As pessoas são mais reprimidas. Tanto é que você quase não vê isso na internet brasileira. As fantasias do carnaval mostram mais o corpo do que o que esse corpo gosta de fazer (frase inteligente, será que ela entende? Aliás, será que ela vai achar inteligente?).

— Você é muito inteligente — sjpreal diz. — Eu realmente sinto que posso confiar em você.

sjpreal é uma gordinha que merecia um corpo um pouco mais bem desenhado. Tem mãos grandes, orelhas de abano e um olhar penetrante, para descobrir os cantos sujos que não foram varridos, para alcançar as fronteiras mais distantes e para entender o segredo das piores coisas. Mas tudo bem. E é quase bonita, como na foto que me mandou. O que significa que não é feia. É uma normal melhorada. Não a ponto de bonita. Em todo caso, longe de feia. Nem é sem graça. Tem apelo. Para primeira gringa, vai ser luxo. Gringa perua. Tem roupas e acessórios que não batem com o tipo de almoço sugerido. Cachorro-quente e refrigerante. Também faz um julgamento que acho estranho. Qual é a relação entre inteligência e confiança?

— Você não vai almoçar? Sim, isto é o meu almoço hoje. Hoje é um dia livre de dieta. Eu adoro fazer coisinhas malucas nos meus dias sem dieta.

Recusar o almoço pode sugerir que tenho força de vontade ou que sou tímido? Comer e falar ao mesmo tempo, em inglês, vai acabar me atrapalhando. E vou falar de boca cheia. Isso pode enterrar o encontro antes do fim.

— Meu marido também é inteligente, mas eu não confio nele, porque ele não me deixa ser quem eu sou. Por exemplo, eu adoraria ter uma tatuagem, uma pequena. Ele diz que tatuagem me tornaria uma mulher vulgar. Nenhuma das mulheres dos nossos amigos tem tatuagem, quer dizer, nada que possa ser visto numa festa na piscina. Minha filha queria furar a orelha e ele não deixou. Ele realmente é muito conservador. É por isso que estou procurando a aventura que ele jamais vai me dar. Veja você, todos os homens heterossexuais americanos fantasiam sobre sexo com duas mulheres. Eu também. Cheguei a tentar conversar com ele sobre isso. Sabe o que ele disse? Que eu estava vendo televisão demais. Agora você entende por que eu escolhi esse nome de tela,

Sarah Jessica Parker Real. Isto é, eu preferi usar somente as iniciais. Não posso ter a certeza de que o meu marido confia em mim totalmente. Ele é um homem rico e tem recursos para me vigiar. Não, você não deve se preocupar. Eu não tenho motivos para acreditar que esteja sendo seguida. Tenho a minha vida, tenho o meu trabalho. Sou dona de um negócio de joias, que eu mesmo desenho, sabe? Gosto muito de arte. Gosto muito da estética da dominação. Eu falo muito, não é?

Muitas vitórias de uma vez só. Nível de compreensão da língua muito bom. Dois: sjpreal está na mão. Só um acidente tira ela da teia.

— Não me entenda mal. Eu realmente gosto de você. [Vontade de chorar. Ela não me conhece. Mesmo assim gosta de mim. Ou melhor, ela me conhece sim. Uma ligação mais forte dispensa falação. Ela não precisa ficar julgando para gostar ou não gostar. Gosta de mim como eu sou. Como ela sente que eu sou.] Gosto da sua latinidade. [Que latinidade? Eu não sou fã da J-Lo nem da Shakira. Não uso esse contorno de barba que eles usam. Não saio em bandos. Não tento fingir que sou mais malandro que os negros malandros. Não tenho tatuagem de um rosto de família.] Gosto do seu jeito latino, tem alguma coisa masculina. [Melhorou bastante. Mas o que é "alguma coisa"?] Eu entendo você. [Entende um macho latino?] Também sou imigrante. [Ah.] Quer dizer, vim para os Estados Unidos casada, conheci meu marido quando ele estava fazendo negócios na Austrália. Mas eu sempre vou ser uma imigrante, ainda que venha a me interessar pela vida comunitária aqui, pelas eleições e todo o resto. Então eu sei como você se sente e por isso me sinto ainda mais próxima de você. Mas existem certos procedimentos para essa transação dar certo. Eu não quero me separar do meu marido, você entende? Sou uma esposa feliz. Você entende? [?] Ótimo. Então eu não preciso de amante: estou procurando sexo recreativo. [?] De acordo com o que eles dizem nas revistas, seu país é um país de sexo recreativo, não é? Apesar do que você me disse sobre o carnaval. Tanto faz. Bem, o que eu quero, então, é sexo recreativo num lugar público. Isto é, eu estou disposta a pagar por um bom quarto de hotel. Eu alugo o quarto, depois eu telefono para você e você vem. Alguma dúvida? Ótimo. Bem, quando eu me referi a sexo recreativo, a verdade é que eu quero ser dominada, já posso sentir as suas mãos puxando o meu cabelo e me dando tapas... O que acontece, porém, é que sexo está fora de questão. O que eu desejo é ser dominada. E eu quero que você me domine e me obrigue a fazer uma brincadeira com o seu cuzinho. Uma longa e deliciosa brincadeirinha anal. Você gosta, não gosta? Está lá no seu perfil.

[Isso não faz sentido. sjpreal quer ou não quer sexo? Ela não disse que está em busca de sexo recreativo? E agora? É agora que ela vai perguntar sobre XXXMarcia? E o que é brincadeirinha anal? Não posso perguntar.]

— Eu entendo que você esteja se perguntando sobre as minhas intenções. Eu vou tentar explicar. Ter sexo significa ter intimidade, você não acha? Exatamente o que eu quero evitar: intimidade. [?] Eu já tenho bastante intimidade, toda a intimidade do mundo: um marido, dois filhos, meus funcionários, os amigos do condomínio, os amigos do meu marido que se tornaram meus amigos. E isso me leva ao próximo tópico: segurança. Eu realmente espero que você não me entenda mal. Espero que você aceite esta condição. A verdade é que existe uma pessoa que conhece minha intimidade como ninguém mais, alguém que eu não mencionei antes. Uma pessoa maravilhosa. Se ela fosse diferente do que é, eu poderia me casar com ela. É a pessoa que mais me entende no mundo: o meu sócio. Ele é bissexual. [?] Ele é com certeza mais gay do que bi, pois diz que gosta de sexo com mulheres mas prefere a intimidade com os homens. Eu acho que sei o que ele quer dizer. Seja como for, eu gostaria que ele estivesse comigo quando eu e você nos encontrarmos no hotel. [?] Ele vai ficar na sala, esperando. Não é nada pessoal. Eu pensei muito antes de pedir esse favor, e não tem nada a ver com você. Se acontecer de a gente ter mais de um encontro, eu não vou mais precisar da presença dele. Você entende, não entende?

[Entendo? Jece entende? XXXMarcia entende? E é agora que ela vai perguntar sobre XXXMarcia?]

— Eu insisto, por favor: não é pessoal. Nem eu sou uma australiana maluca pretendendo fazer coisas esquisitas. Olhando para você, sei que você tentou vestir as melhores roupas para vir aqui hoje, ainda que se trate de um encontro casual: na hora do almoço, em um parque. Suas melhores roupas para um encontro casual, na hora do almoço, em um parque, mostram que seu visual está de acordo com seus ganhos. Logo, você sabendo que eu sei disso, não precisa ter medo de que eu seja uma mulher má que faz da internet uma ferramenta para atacar gente inocente e carente. Não. Eu só preciso me proteger, é assim. Não sou uma mulher famosa. As joias que eu desenho e vendo são relativamente baratas. Meu público é da classe média trabalhadora. Meu marido, sim, ele tem muito dinheiro. Mercado de capitais, você sabe. Nós vivemos numa casa confortável. No verão, viajamos de barco. Uma ou duas vezes por ano vamos à Europa, de férias. E eu viajo também para fazer pesquisas, pegar referências de moda. Então tenho muito a perder se eu não for bastante cuidadosa.

— Tudo certo. Como você quiser. [É agora que ela vai perguntar sobre a XXXMarcia?]

— Muito obrigada.

Nada erótico o beijo no meu rosto. Era de se esperar.

— Eu telefono quando tiver todas as informações: o dia, a hora, o hotel.

A chave do sucesso deve estar na lista do site. Estudar bem. Ensaiar na frente do espelho, nem que seja de madrugada, quando o bando de pé-rapado está dormindo. A chave do sucesso está no espelho. Ensaiar ordens, repetir gestos de comando, treinar sequências de tapas. Aprender mais palavrões em inglês. Estudar fotos de sites. Encontrar na internet um dicionário de gírias australianas. Dominada a cena, duvido que sjpreal vá manter essa atitude de submissão sem sexo. Atitude que não tem sentido. Quem quer uma coisa é claro que quer a outra. Pode ser até que ela esteja fazendo jogo duro. De mentirinha. Jogo para lançar o jogo mesmo. Fantasia de estupro. Quer ser currada. Talvez até com a ajuda do tal amigo, o bissexual. Porque ela sabe o que quer. Ela sabe que eu sei o que ela quer. Uma prova: nenhuma palavra sobre a diferença entre XXXMarcia e eu. Simplesmente ignorou XXXMarcia. A verdade é que o nervosismo tomou conta da situação. Daí ter ficado quieto. Daí ter me esquecido de dar a caixinha roubada do cliente.

Impossível modificar meu corpo até o dia do primeiro encontro. O que posso fazer contra pneus, barriguinha, braços flácidos? Posso é ficar sem comer até lá. Água, queijo branco e maçã. Quando a fome doer, barra de cereal. Mais nada. Tecnicamente, seria desnecessário emagrecer. sjpreal não quer sexo. Não quer minha nudez. Tudo dando certo, partimos para o segundo encontro. No segundo vai ter nudez. Quando ela estiver presa, vai se soltar. Sexo. Animal. Não vai ser nem preciso discutir, convencer. O melhor sexo da vida dela. Vai querer mais, muito mais. E vai me dar dinheiro. Vai me dar liberdade.

Ficou faltando dar de presente a caixinha furtada. Um toque de classe oferecer depois da sessão no hotel.

Não quero pensar em mais nada até o dia chegar. Só em arrumar um dinheiro para comprar uma câmera digital das chinesas. O celular não tem câmera. Trabalhar o tempo todo não ajuda. Cada casa de cliente está cheia de coisas que me fazem pensar em sjpreal. E olha que nem pego os clientes ricos mesmo. Como deve ser bom ter uma vida toda aparelhada. Outro dia fizemos a mudança de um brasileiro, acho que era de uma universidade. Ele deve ter tomado gosto pela aparelhagem dos americanos. Eu nunca tinha visto tanto hidratante de mão. No banheiro e no quarto. E caixas e mais caixas de lenço de papel. Brasileiro de verdade não precisa de hidratante para se masturbar. Mas chega aqui e perde a personalidade, jogando dinheiro fora.

Agora vai.

Agora, o tal sexo recreativo sem sexo. Isso aí é o quê? A tabela do site SM da XXXMarcia é diferente da tabela da Jece. Falta cabeça para tentar cruzar os dados. Ver se das duas sai o sexo recreativo sem penetração. É uma coisa, então, que não vai dar para argumentar. Tem que ser na sedução mesmo.

Entrar num hotel desses, para pegar uma adúltera estrangeira, é sinal de que a sorte já mudou. Chega de pobreza. Subway, Taco Bell, Wendy's, Burger King e Mcdonald's, Dollar Dreams Odd Job, Wal-Mart e Conway nunca mais. A mobília do quarto, sozinha, é mais cara do que tudo que eu já tive na vida.

sjpreal disse que o amigo ficaria na sala da suíte enquanto eu e ela estivéssemos no quarto, mas ele não está aqui.

— Meu amigo está um pouco atrasado. Ele tem a chave do quarto, então não precisamos nos preocupar.

Ela não parece preocupada. Nem ansiosa. Parece prestes a fechar um negócio como qualquer outro. Tirando o fato de que a roupa escolhida para me receber é um robe. Robe, salto alto, algumas joias, bastante perfume, cabelo e maquiagem de quem acabou de sair do salão de beleza.

— Então? XXXMarcia não vai me dar ordens?

XXXMarcia não sabe o que fazer. Jece não sabe o que fazer. Eu também não. Nunca dei ordens na vida.

— Não. Nada de beijos. Eu não quero trocar fluidos do corpo, trocar fluidos do corpo é dividir intimidade. Agora, puxe meus cabelos e me chame de cadela, vamos. Vamos. Onde está a sua sexualidade latina?

Sexualidade? sjpreal disse que não quer sexo.

— Vamos, cadela. Está com medo?

Com quem ela está falando? Quem é cadela?

— Eu estou nesta maravilhosa cama, estilo cachorrinho, esperando. Você não vem?

Mas por que sjpreal está de quatro se não quer trocar fluidos corporais? Quem é cadela?

— Eu trouxe alguns brinquedos, vamos. Vamos, mulherzinha!

Eu não sou mulherzinha!

— Eu vou dizer a você o que eu vou fazer. Não sou mulher de perder meu tempo. Não, senhora. Eu vou te ensinar uma lição. E depois você vai me dizer se aprendeu, ou o quê. Se você pensa que está lidando com uma mulher que ignora os próprios desejos, você está errada, sua cadela latina. Tira a roupa e vem para a cama agora. Eu disse agora! Na América é difícil você conseguir uma segunda chance.

— Você não fale assim comigo. Eu sou Jece. Meu nome é Jece. E Jece não gosta quando falam assim com ele.

O que sjpreal tem na bolsa? Ela vai me matar?!

Algemas. sjpreal me coloca algemas. Na barra da cabeceira da cama. De quatro, de quatro! A maior humilhação da minha vida. E com as mãos gordas ela começa a me dar palmadas.

— Você tem que aprender o que é um contrato, cadela. Se você aprender, vai ter uma recompensa. Eu não quero gritos. Se você gritar, vai apanhar mais. Mas se você chorar, vai ter a sua recompensa. Você me entende?

— Sim.

— Sim, Madame!

— Sim, Madame.

— Ótimo. Agora quero ver a cadela latina chorar. Ah, isso é ótimo. Meu querido amigo chegou. Isso é que é noção de tempo. Exatamente no momento das suas lágrimas.

— Sim, Madame.

— Agora você vai ter a sua recompensa. O meu amigo certamente vai apreciar esta sua bunda latina. Não se preocupe: eu tenho loção hidratante. O que eu não sei é se ele vai apreciar a ausência de cera brasileira. Você é contra a cera brasileira, XXXMarcia? Bem, vamos ver. Agora, eu não trouxe venda, mas acho que podemos improvisar alguma coisa com o travesseiro. A cadela latina nunca, nunca vai saber quem a fez gozar, quem lambeu tanto o seu cu, que aliás você diz que tanto gosta, não é, companheira? Nem você vai poder ir à polícia dizer que é vítima de estupro, essas coisas. Imigrante ilegal tem que sofrer em silêncio, não tem outro jeito. Da próxima vez que usar a internet para encontros, seja você mesma. A mentira, minha amiga, não liberta.

# 2

Os oito artigos abaixo se tornarão efetivos na data em que cada parceiro assinar este contrato.

### I. Participantes do acordo

Este acordo envolve apenas participantes que assinam este contrato. De nenhum modo este contrato envolve ou envolverá terceiros, incluindo instituições como igrejas e poderes como os de governos.

### II. Acordo primário

Cada participante concorda que a única obrigação para com o outro é manter um compromisso leal com relação a:

1. Ser honesto;
2. Desenvolver integridade pessoal, independência e crescimento de caráter;
3. Buscar conhecimento, experiências e verdade objetiva por intermédio de esforço e racionalidade;

4. Criar e promover valores que contribuam para o crescimento e o bem-estar de cada participante e do relacionamento.

## III. Propósito

Cada participante concorda com o princípio de que o propósito da coabitação/relação de casamento é incrementar os valores objetivos, a alegria, o prazer e a felicidade disponíveis na vida. Se esse propósito não é atendido, então inexiste qualquer propósito objetivo necessário para a relação existir.

## IV. Propriedade

Cada participante concorda em manter toda e qualquer propriedade dentro de uma posse separada e claramente definida. Cada participante reconhece que nenhum dos participantes tem o direito de reivindicar a vida, a propriedade e a liberdade de qualquer participante, a não ser a obrigação mútua de desenvolver valores e promover crescimento em acordo com o Artigo II.

## V. Filhos

Cada parceiro concorda com a necessidade de se evitar concepção e subsequente nascimento, a menos que cada participante, de antemão, assine um contrato adicional que identifique e estabeleça detalhadamente de quem são as responsabilidades materiais, financeiras e emocionais por cada filho.

Em um contrato separado que versará sobre as referidas responsabilidades, os termos devem explicitamente incluir o estabelecimento da completa responsabilidade acerca dos cuidados dispensados ao(s) filho(s) uma vez que a coabitação/relação de casamento estiver encerrada.

Se a concepção ocorrer e inexistir um contrato de mútua responsabilidade sobre a criança devidamente assinado, a gravidez será interrompida tão logo for possível e a pedido de qualquer participante, e as despesas médicas relativas ao procedimento abortivo e à subsequente recuperação da parceira submetida ao aborto serão equitativamente divididas.

## VI. Encerramento da relação

Este acordo de coabitação/relação de casamento pode ser encerrado unilateral, mútua ou coletivamente, a qualquer momento e por qualquer motivo, mediante notificação por escrito distribuída aos demais participantes, na qual estará incluída a discriminação das propriedades de cada participante. Após o cancelamento do acordo e a separação da propriedade, nenhum dever ou obrigação (material ou emocional) restará devida entre quaisquer participantes. Contratos acerca da responsabilidade sobre filho(s) não podem ser alterados ou cancelados unilateralmente.

Qualquer propriedade de posse compartilhada ou contestada será dividida nos seguintes termos: toda propriedade de posse mútua se tornará propriedade dos participantes remanescentes, isto é, aqueles que expressarem desejo, por escrito, de manter a coabitação. Participantes que saírem do relacionamento não poderão reivindicar propriedade mutuamente possuída.

Qualquer participante que desejar permanecer no regime de coabitação/relação de casamento depois do cancelamento por parte de um ou mais participantes do contrato ora em vigor deverá assinar um novo contrato. Somente um contrato pode estar em vigor em qualquer momento, e o mais recente contrato deve anular os contratos prévios.

## VII. Morte

Se este acordo de coabitação ainda é válido, cada participante concorda com o princípio de que, com a morte de um participante, e após a quitação de dívidas e o pagamento de contas desse parceiro, a propriedade restante deverá ser distribuída conforme as instruções a seguir ou de acordo com eventual contrato de testamento ou investimento a ser anexado a este contrato.

Se nenhum contrato de testamento ou investimento for anexado, cada participante deverá deixar, escrito de próprio punho ou por meio de procurador devidamente reconhecido na forma da lei, documento contendo instruções acerca do destino de seu corpo e de seus bens após sua morte, devidamente detalhadas no que tange a eventuais meios de pagamento relativos aos procedimentos envolvidos.

Na inexistência de tal documento, eventuais bens e investimentos serão distribuídos de forma equitativa a dependentes menores de idade do participante falecido. Inexistindo dependentes menores de idade, bens e investimentos serão divididos pelos participantes sobreviventes.

## VIII. Reconciliação

A reconciliação da coabitação/relação de casamento poderá ser efetivada somente se cada participante assinar um novo contrato de coabitação/relação de casamento.

Os signatários concordam com os oito artigos do contrato acima e os reconhecem como condições de coabitação/relação de casamento.

## I

Amarildo se orgulhava de seu progresso profissional e da sensibilidade despertada e desenvolvida pelo trabalho. Pintando paredes com irmãos e primos, caíra nas graças de um casal esquerdista. Caindo nas graças de um casal esquerdista, tornara-se caseiro. Tornando-se caseiro de um casal esquerdista, aprendera muito sobre construção civil e sobre casamento aberto. Ela era americana da Costa Leste; o marido, francês de algum lugar da França que Amarildo ignorava. Ambos eram arquitetos bem-sucedidos, tendo chegado a participar da concorrência para o projeto de reconstrução da área do World Trade Center. Amarildo foi capaz de cuidar da propriedade em Connecticut seguindo toda e qualquer ordem dela e, principalmente, dele, com um profissionalismo que dificilmente resistiria, no Brasil, segundo sua avaliação, ao cruzamento do profissional e do pessoal, em se tratando de sexo com a mulher do patrão ou, no caso, com a patroa. Ria sozinho quando imaginava uma adaptação do duplo arranjo aplicada à fazenda em que, adolescente, trabalhara antes de rumar para os Estados Unidos. Não teria tido discernimento nem frieza. A ilusão da posse de macho o teria levado ao desafio e ao assassinato, possivelmente como vítima, se a sorte simplesmente não lhe devolvesse à miséria, pois as notícias correm depressa, mais depressa ainda quando um peão pensa que é touro.

Foi com os patrões de Connecticut, portanto, que Amarildo aprendeu o conceito de poliamor. O conceito e o estilo de vida. Dez anos depois de ter chegado aos Estados Unidos, cinco anos depois de ter aprendido a trabalhar e a amar com o casal de esquerdistas, ele estava pronto para, agora como contractor, ganhar dinheiro por conta própria e formar um harém. Agora sabia que sua virilidade cabocla tinha um apelo selvagem aos olhos das gringas, ao passo que na juventude brasileira ele tinha sido apenas um pobre jeitoso e limpinho.

A relação poliamorosa do contractor Amarildo durante algum tempo se restringiu à esposa, Reni. Era tímida, incapaz de progredir no aprendizado do inglês, língua que na verdade não a interessava porque ela se iludia acreditando num retorno definitivo ao Brasil. Amarildo adquirira um terreno em Mato Grosso, é verdade, mas seu plano era aumentar a propriedade, e para isso contava com a ajuda dos políticos locais, diante de cujos olhos crescera porque estava fazendo a América, e arrendá-la a investidores americanos. Voltar ao Brasil, não voltaria. Seu corpo, sim, poderia ser trasladado e enterrado em Alta Floresta, uma decisão, porém, que ainda carecia de confirmação. Na cabeça dela, aquela era a temporada americana, uma preparação para a maternidade e a família. Seus filhos seriam brasileiros. Ela sentia nojo da língua, da comida, das roupas, de quase tudo que encantava Amarildo. Em terras americanas, seu dia a dia, as poucas amizades, todas elas femininas, os hábitos, as diversões, ninguém diria que ela vivia nos Estados Unidos. Levava uma vida brasileira. Em dólar, mas brasileira. O ginecologista e a dentista eram brasileiros. Na televisão, só gostava de ver a Globo Internacional, que a seu pedido Amarildo assinava.

Ele vinha, até então, mantendo o casamento por um senso de dever, não para com Reni, mas para com o amor que sentira por Reni quando ambos eram adolescentes. Na vida de Amarildo, Reni era a única coisa equivalente à *high school sweetheart*, e para ele nada poderia ser mais americano que uma *high school sweetheart*. Ele fez as contas e, não sendo capaz de dispensá-la, tomou a decisão de se mirar nos antigos patrões de Connecticut. Nada tão americano quanto relações poliamorosas.

Reni teve um choque. Podia até aceitar que Amarildo, o amor de Amarildo, tivesse diminuído depois de tanto tempo de América. O orgulho de Amarildo poderia tê-lo feito esquecer quem tinha sido a sua força nos piores momentos, assim que imigraram e durante o período de semiescravidão trabalhando para os primos. Podia até ser. Era aceitável. Até mesmo se ele quisesse assassiná-la, seria aceitável. Ela não se conformava era com a sugestão de que o interesse sexual, o tesão mesmo, desaparecera.

Como não era evangélica, teve certa dificuldade até encontrar alguém que a aconselhasse. A conselheira surgiu das páginas do jornal da comunidade: uma psicóloga brasileira que também era colunista do jornal, além de trabalhar com plantas decorativas e dar aulas de inglês.

A consulta durou cerca de uma hora, ao custo de 200 dólares, sem recibo. Basicamente, a psicóloga — uma mulher de seus 50 anos, destruídos por plásticas malfeitas e gordura trans, e que atendia num apartamento que tanto poderia ser um matadouro extraconjugal de um apreciador de heráldica e numismática quanto a moradia de uma cartomante — fez diversas perguntas e uma afirmação: Reni tinha fantasias bissexuais, portanto a experiência de uma relação poliamorosa lhe daria prazer. As fantasias bissexuais se originavam claramente no fato de ter sido criada pela única avó que conhecia, mãe de seu pai:

— Na sua infância, você deve ter passado alguma noite ou uns fins de semana com tios, não? Concentre-se. São lembranças difíceis, que a gente costuma achar embaraçosas. Pode ficar sossegada. Comigo não é preciso ter inibição. Sou capaz de ver você sozinha no escuro, sentindo medo. Então o medo, a sensação de abandono, tudo isso faz você querer o quê? Sentir vontade de quê? De ir dormir na cama do seu tio e da sua tia, bem no meio do casal protetor que a vida não lhe deu oportunidade de ter. O desejo não foi trabalhado, e por isso mesmo ele continua aí, vivo, pedindo para ser saciado. O que é que nós vamos fazer com esse desejo? Vamos deixar que ele fique guardado num canto, da mesma maneira que você ficou guardada num canto escuro, sem poder se mexer? Ou vamos tentar viver esse desejo? Você é quem sabe.

Reni não sabia. Sequer se lembrava de ter dormido em casa de tios, quando garota ou já crescida. Em vez de questionar a psicóloga, Reni tratou de aceitar a orientação. Fantasias homossexuais não lhe eram estranhas. Na escola, beijara meninas, mal tinha entrado na puberdade. Ela e as amigas gostavam de treinar beijo de língua.

Amarildo ficou realmente surpreso ao saber que a esposa aceitava experimentar a relação poliamorosa. No fundo, ele esperava que Reni, indignada, juntasse mala e passaporte e retornasse definitivamente ao Brasil. O lar desfeito feriria seu ideal americano, ao qual ainda faltava um cachorro. Ferida provisória, porém, que ele tinha a certeza de que sua masculinidade selvagem logo lhe apresentaria uma série de peças de reposição, a escolher. Fora de questão o fato de as coxas, a bunda e os quadris de Reni serem de difícil reposição, em se tratando de americanas e das europeias que ele conhecera na casa dos arquitetos. Amarildo estava de olho numa porto-riquenha. Uma porto-riquenha cuja única ambição era conquistar a aceitação da subcultura gótica.

A porto-riquenha se julgava discriminada por causa da morenice. Apresentava-se sob o nome de Tituba. Que para Amarildo parecia um nome baiano. O nome real da porto-riquenha gótica, Amarildo nunca soube. Tampouco ele fazia a menor ideia de que nome era aquele.

Tituba desde pequena cismara com os góticos. Nada a ver com o ambiente da infância no Bronx, desprovido de góticos. O fascínio começara na internet e tentara se concretizar em Manhattan. Tatuagens, dreadlocks, roupas de PVC e látex, piercings, playlists, livros. Tituba dispunha de todo o arsenal, adquirido com o dinheiro dado pelo colegiado de parentes responsáveis por sua criação. Só não dispunha da pele branca. Sua credibilidade gótica sempre acabava contra a parede quando o assunto era a palidez gótica. Não adiantava uma inteligência acima da média dos góticos que conhecia.

Evidentemente, Amarildo era tão gótico quanto um chinês de lavanderia era símbolo sexual para patricinhas do Upper East Side. Alguma coisa que ele nunca descobriria, porém, atirara Tituba em sua vida, numa noite em que ela pretendia se machucar sexualmente nas mãos do primeiro irlandês bêbado que lhe aparecesse pela frente num pub.

Amarildo apenas bebia uma cerveja antes de ir para casa. Dia de trabalho difícil, atraso numa reforma por culpa de erro dos malditos brasileiros que trabalhavam para ele, culminando numa discussão com o dono do apartamento, incluindo ameaça de processo. Amarildo pretendia chegar em casa um pouco alto, para que o sono provocado pela cerveja o livrasse de dar atenção à esposa. O fato de Reni ter dito que topava testar um relacionamento poliamoroso não lhe dera imediata excitação. Continuava com a vidinha de marido come e dorme, com a televisão no intervalo.

A entrada de Tituba no pub só não congelou os circunstantes porque todos, exceto Amarildo, estavam muito bêbados ou entretidos por algum esporte na televisão. Havia homens de terno com gravatas afrouxadas, homens com barba por fazer ostentando os ubíquos bonés de beisebol ou de caminhoneiro, mulheres que comiam pouco e fumavam muito para comer pouco e que comiam pouco para beber muito, um bartender atlético — o cabelo arranjado no que se convencionou chamar de "alça de boquete", dada a popularidade do topete entre os gays —, cujo porte o destacava dos frequentadores. Mas o universo mental era similar. Era desses rapazes que gostam de dar soquinhos no braço do amigo e de em seguida enunciar sentenças duas ou três vezes, a voz num volume cada vez mais alto, quando se acreditava dono de uma tirada mais esperta que a dos demais, numa roda de bate-papo.

O bartender prestou atenção profissional à entrada daquela hispânica de tranças verdes e roxas, rosto bonito porém cansado pelo tédio e uma leve maquiagem vampiresca, corpete de couro preto a espremer seios quiçá siliconados, arrematado por um bolero pink de pelúcia e piercing no nariz à maneira de um boi — pela expressão facial dela, seria de se esperar que saudasse os presentes mugindo. Usava calças de motocross e botas de dominatrix e carregava uma bolsa em forma de lancheira metálica, com alguma estampa alusiva, possivelmente, a uma banda. No colo, misturavam-se pingentes de anarquismo e cristianismo. Pintadas de preto, as unhas trariam felicidade às costas de quase todos os presentes, a não ser de um aposentado que insistia em fazer do leite sua refeição ao acordar e antes de dormir, a despeito das espinhas que os hormônios contidos na beberagem salpicavam em suas costas. O bartender só não foi o único a notar a entrada da hispânica gótica porque Amarildo já estava hipnotizado pela figura antes mesmo de ela acabar de fechar a porta do pub. Entre as muitas coisas que desejava experimentar na América, Amarildo listava seios de silicone e língua com piercing. Especialmente língua com piercing. Ouvira de um dos brasileiros que trabalhavam para ele maravilhas sobre sexo oral com a língua da parceira furada, e o furo preenchido por uma espécie de halteres em miniatura. Tituba não tinha tal piercing, mas os seios eram siliconados, sim. Ele intuía, e a intuição estava certa.

Beneficiado pela casualidade de o único banco disponível no balcão estar ao lado daquele que ocupava, Amarildo se tornou vizinho da moça e puxou conversa. O sotaque de Tituba o encorajou a arriscar um portunhol, que ela, entretanto, vetou. Só falava inglês. Ponto para ela, Amarildo pensou. Não devia ser dessas imigrantes enfurnadas na própria cultura, tinha desapego, vontade de integração, o que ele muito apreciava.

Antes da terceira ou quarta pergunta, Tituba pediu cigarro. Amarildo tinha parado de fumar havia alguns anos, mas mentiu, dizendo que os dele tinham acabado e que se ela quisesse ele iria comprar. Tituba agradeceu e pediu Marlboro Lights.

Quando Amarildo voltou da *deli* com o pacote, pronto para fumar com ela na calçada, Tituba conversava com o bartender de um jeito de quem só estava esperando as coordenadas para efetivar o sexo. Mesmo sabendo que nos Estados Unidos brigas costumam ter consequências, Amarildo atirou sobre o balcão o que devia ser dinheiro suficiente para pagar sua conta e reclamou com o bartender, chamando-o de traidor. Todo o pub silenciou. Tituba tinha os olhos esbugalhados de alegria. O bartender, calmo feito um pato do Central Park, pediu a Amarildo que não se exaltasse, abaixasse a voz e lesse os lábios dele, bartender: eu sou gay. Amarildo já ia acusá-lo de mentir, quando os demais representantes do sexo masculino repetiram, quase sequencialmente: eu também, eu também, eu também. Um pub gay?! Tituba, divertindo-se, disse que o nome do pub era Oscar Wilde por algum motivo. Amarildo não entendeu.

Os gays o convidaram a se sentar, mas ele, sem graça, se recusou a ficar. Saiu sem nada dizer, humilhado. Antes de seguir para casa, ou procurar outro bar, abriu o pacote de Marlboro Lights. Não tinha fósforos, porém. O barulho de um isqueiro sendo aceso o assustou. Era Tituba, oferecendo-se para fumar com ele. Ela tinha gostado da atitude dele: qualquer atitude protetora, por mais estúpida ou simplesmente descabida, criava uma resposta emocional nela. Além do mais, ela queria sexo violento com um estranho, e o brasileiro, depois da cena de posse territorial, parecia ter caído do céu.

Amarildo sugeriu drinques em outro local. Tituba disse que tinha perdido a vontade de beber. Queria sexo, e queria agora. Ou sexo ou heroína.

Ele perguntou se ela conhecia algum hotel ou se poderiam ir até a casa dela. Tituba disse que não tinha exatamente uma casa. Desde pequena vivia de casa em casa. Quando criança, parentes se revezavam para tomar conta dela. Não pudera contar com pai e mãe. Num acesso de ciúmes, o pai, membro de gangue, matara a mãe e se matara. Ainda menina, Tituba fugira da família designada pela Justiça para tomar conta dela até que os parentes mais próximos pudessem acolhê-la. A fuga tivera o apoio dos parentes. Eles se ressentiam das condições de vida nos Estados Unidos, embora nenhum deles tivesse tentado voltar para Porto Rico. Tão orgulhosos eram que se recusavam, pelo menos os mais velhos, a participar da Parada do Dia Nacional Porto-Riquenho, pois achavam inconcebível desfilar pela Quinta Avenida sob os eventuais olhos anglo-saxãos enojados, mas tão enojados que, nos dias que antecedem as paradas, mandavam instalar tapumes em torno dos prédios que encaram o Central Park, na rota da parada.

Ora um parente estava preso, ora separado da mulher; uns viajavam constantemente, outros sumiam do convívio da família e reapareciam como se nada tivesse acontecido; havia quem não se desse bem com determinado núcleo; em um caso mais extremo, uma irmã traíra a outra irmã, furtando o cunhado.

— Não era uma família, era um grupo de apoio — disse ela, e Amarildo duvidou que tivesse entendido, pois não sabia o que era um grupo de apoio.

Tituba agora era adulta, se sustentava trabalhando numa loja de roupas baratas no Lower East Side, dessas que expõem araras nas calçadas, ainda resistindo às mudanças que um dia expulsarão todos os pobres do bairro. O esquema afetivo dela permanecia intocado. Quase nunca parava em casa, um quarto e sala tão espaçoso quanto um táxi. Gostava de sair e dormir na casa de seus parceiros de sexo recreativo, de modo alternado, sem que um soubesse da existência do outro. Mesmo que subitamente ficasse financeiramente independente, ela sempre precisaria de ter ao seu lado alguém de quem pudesse se esconder.

Era o que explicava aquele encontro em Hartford, frequentemente listada como a cidade mais pobre de Connecticut.

Ali ele ganhava dinheiro renovando propriedades dos brancos que não nasceram nos Estados Unidos mas conseguiram ganhar algum dinheiro, o suficiente pelo menos para construir um histórico de crédito positivo e obter o financiamento da casa própria.

Ela estava ali porque tinha saído da casa de um recém-conhecido parceiro de sexo recreativo, um ítalo-americano que ela achava lindo mas ruim de cama. Não podia ir para casa, pois outro parceiro de sexo recreativo a esperava e ela nada queria com ele, ou seja, não tinha para onde ir. Queria um terceiro homem, preferencialmente violento.

Casualidade das casualidades, à maneira da construção dos nichos habitacionais americanos, de que aos poucos, por conta do trabalho, Amarildo tomava ciência.

Exemplo: o pub não era propriedade de um homossexual, isso seria vanguarda demais para Hartford. Pertencia a um heterossexual, que, sim, era simpatizante da causa, dono de um senso estratégico que não se vê todos os dias em donos de pubs: aos poucos ele atraía para seu estabelecimento alguns nova-iorquinos razoavelmente bem-sucedidos que, interessados num estilo de vida mais suburbano a preços módicos, tinham fugido do encarecimento das propriedades ao sul do estado. A presença desses nova-iorquinos extraviados vinha aos poucos encorajando o nascimento de uma cena gay local, que àquela altura se resumia ao pub.

Amarildo decidiu ousar. Morava em New Rochelle, no estado de Nova York, logo acima de Manhattan. Não iria procurar um hotel de beira de estrada. Iria levá-la para conhecer Reni. Afinal, Tituba era o quê? Nada mais que uma viciada, claro que era, interessada em turismo sexual. Reni era o quê? Uma esposa disposta a tudo para segurar o marido, a ponto de seguir conselho de uma psicóloga de quinto escalão. Combinação perfeita, conforme os cálculos de Amarildo.

— Tenho medo de ir para casa — Tituba disse, em inglês. — Tenho medo de não ficar em casa. Qualquer coisa. O que eu quero é trepar como se não existisse um amanhã, porque neste país a gente já não sabe mais se o amanhã existe ou não existe. A gente tem que pagar pelo que eles fazem aos outros, e foda-se, muito obrigada. E, para sua referência: eu gosto de triângulos. Posso lamber a sua porra escorrendo pela boceta dela, sim, eu posso.


## II


1. Reni detestou a novidade, mas ficou calada. Se ainda Amarildo tivesse arrumado uma americana... Competir com uma americana seria mais fácil, não? Cheias de frescuras, regras, essas coisas. Uma latina gostosa e maluca era golpe de morte.

Tituba agora queria beber. Amarildo tinha trocado a cerveja de toda uma vida por drinques. Jamais, porém, bebia drinques em bares, preços de insultar o bom-senso de um trabalhador. Bebia drinques em casa, guiado por receitas encontradas na internet.

Dando mais uma demonstração de que não sabia com quem estava se metendo, ofereceu um Cosmopolitan. Tituba queria gim-tônica. Reni não era de beber.

Como a água tônica tinha acabado, Tituba foi de gim puro. Amarildo ficou encantado. Preparava seu Manhattan admirando o fato de uma jovem porto-riquenha *dark* estar bebendo gim puro, sentada na primeira poltrona Ikea comprada pelo casal. Não que Amarildo acreditasse na qualidade escandinava da Ikea. A poltrona era, sim, mais um troféu do americano que ele queria ser, o agendamento de um sábado para pegar o ônibus grátis disponibilizado pela loja, ligando a rodoviária de Manhattan à filial de Elizabeth, New Jersey, o café da manhã no restaurante do estabelecimento, o passeio pelas intermináveis seções, o imposto de apenas 3,5 por cento sobre as compras, contra os mais de 8 por cento praticados em Nova York — tudo, enfim, de uma americanice que dava gosto, culminando numa hispânica maluca sentada naquele trono escandinavo que definia boas porções da América.

Tituba disse algo que nem Amarildo nem Reni entenderam. Avaliando o ambiente — o papel de parede de que Reni gostava, as cortinas pesadas, os móveis em sua maioria em estilo vagamente shaker, referência que também Tituba ignorava e que Amarildo ignorava porque os arquitetos nunca lhe deram aula sobre estilos históricos do mobiliário americano —, Tituba observou que o lar dos brasileiros carecia de uma peça de conversação. Amarildo fingiu que entendeu. Reni permaneceu detestando a hispânica.

— É uma casa suburbana perfeita — Tituba disse, sempre num inglês fortemente latino. — Aposto que você quer me ter com a sua esposa numa jacuzzi.

Amarildo entendeu a observação como um elogio. Se sua casa era suburbana ao estilo americano, todo o seu esforço de integração estava no caminho certo, ainda que tal aparente aprovação tivesse vindo de uma gótica latina.

Tituba esvaziou o copo rapidamente e perguntou quando a ação ia começar.

Reni não sabia o que fazer. O que seu coração desejava era uma conversa com o marido, uma série de conversas, para que ele soubesse que ela estava disposta a qualquer coisa para salvar o casamento, até mesmo se humilhar, ajudando-o contra ela. Amarildo, por sua vez, queria o melhor dos mundos, sexo variado desprovido de conflitos. Não sentia a menor vontade de dizer à mulher que estava cansado de viver com uma máquina de se oferecer, dizer "saudade" e "eu te amo", máquina sempre ligada, gastando energia — *eager to spare me, eager to please me*, expressões em inglês que Reni de qualquer modo não entenderia.

2. A questão mais premente para o cumprimento da cláusula "desenvolver integridade pessoal, independência e crescimento de caráter" era, para ele, material. Ao entrar no quarto, ele pensou: a casa precisava de reformas para se tornar um centro poliamoroso. Sem as instalações adequadas não haveria

crescimento. A cama queen size era inviável para o caso de a relação primária e a relação secundária se encontrarem com ele na hora do sexo. Cama, colchão, travesseiros e roupa de cama, tudo tinha que sofrer upgrade, ou king size ou nada, ponto um. Ponto dois: ele teria que construir mais um quarto, de modo a haver espaço para privacidade de qualquer um dos integrantes da relação sempre que necessário. Tomou uma nota mental: procurar financiamento para a obra.

Amarildo se lembrou da caixa de luvas cirúrgicas. Deviam estar em algum lugar. Ele tinha nojo das luvas que usava no trabalho, já que não podiam ser lavadas e secadas todos os dias, nem ele compraria cinco ou dez pares que pudessem ser usados num revezamento. Por isso tinha sempre luvas descartáveis para defender suas mãos das bactérias das luvas de construção civil.

Colocou as luvas descartáveis e deixou um segundo par numa das mesas de cabeceira. Serviriam para sexo oral, caso ele caísse de boca na hispânica gótica, como se fossem um filme de PVC. Mesmo com Reni ele evitava o contato direto entre determinadas mucosas.

Ele atribuiu às limitações do quarto o que aconteceu quando os três foram para a cama. Esperava comandar a mulher e a latina de maneira que elas reproduzissem tudo o que ele cultuava na internet, culminando com o que para ele era a maior perversão imaginável: *troca de porra*. A maior perversão imaginável, porém muito perigosa. E se a hispânica gótica tivesse cárie ou afta ou qualquer ferida na boca e infectasse o esperma devolvido para a boca de Reni?

No início dos trabalhos ainda manobrou para ditar os rumos da dinâmica. Mas uma Reni que subitamente lhe pareceu uma estranha investiu tudo no corpo de Tituba, que gostou e retribuiu. Reni nem fez menção de resistir aos avanços da boca gótica na parte que mais a incomodava no corpo: o ânus.

Reni tinha problemas ali. Vivia pedindo carícias, mas ao mesmo tempo as rechaçava, segundo ela, por vergonha da auréola, que considerava escura demais. As notícias de que na Califórnia havia um serviço de *clareamento anal* pareciam, de vez em quando, ter lhe dado esperança de se abrir para uma nova vida de prazeres. Tinha dito a si mesma que o descoloramento serviria para que o marido passasse a se interessar por sexo anal.

Amarildo levou um susto. Não haveria de ser uma vagabunda gótica o vetor de uma infecção que arriscaria a riqueza que ele construía. Uma bactéria alienígena, um vírus hispânico, uma hepatite importada estragariam toda uma vida de trabalho? Nunca. Ele assistiu enojado ao espetáculo de beijos anais misturados com beijos de verdade. Reni quis beijá-lo depois de servir Tituba, o que ele recusou.

Ânus à parte, o forte e expedito Amarildo foi rechaçado a cada investida mais firme para tomar as rédeas do processo. Na internet, ele nunca tinha visto *threesome FFM* centrado numa das *females*. Sempre o *male* era o objetivo do triângulo. Amarildo conseguiu apenas deixar claro que não era bissexual quando Tituba tentou lhe aplicar um *beijo grego*. Tituba riu. Desde quando *rimming* era coisa de gay?

— Para quem sofre de crise de meia-idade precoce, você tem muita coisa a aprender — ela disse.

A confrontação levou ao desânimo. A confrontação e tam bém a realidade. Ainda mais porque os *threesomes* da internet não mostravam estrias, celulite, foliculite.

Tituba e Reni foram tomar banho juntas. Amarildo pegou edredom e travesseiro e foi deitar na sala. Tituba e Reni dormiram juntas. Quando acordaram, de manhã, ele já tinha ido trabalhar.

3. Foi difícil atravessar o dia. Sem dúvida ele tinha avançado algumas casas na sua busca pelo americanismo perfeito. Porém, a verdadeira questão era saber se Reni tinha se transformado numa lésbica ou se ela sempre fora sapatão — e ele até poderia encontrar na memória momentos de estranheza que, embora ele então não soubesse, já apontavam para a mudança de time.

À noite, Amarildo chegou em casa disposto a tirar as coisas a limpo. Sentia-se traído. A vivência com o casal de arquitetos liberais não lhe dera instrumentos para compreender o que tinha acontecido na noite anterior.

Reni estava vestida para sair. Amarildo perguntou aonde ela ia. Reni informou que eles veriam uma especialista em relacionamentos poliamorosos.

— Tenho aqui comigo o *invoice* do contrato, seu Amarildo. O item três fala em busca pelo conhecimento. O senhor se comportou muito mal ontem com a nossa visita.

— Já na sua cabeça você e ela se comportaram muito bem, *best friends forever*, é isso? Você me traiu, Reni. Eu acho que virou sapatão. Virou ou sempre foi, não sei, eu é que não tinha atinado. Você vai ter que ver se é *lipstick lesbian*, *butcher* ou o quê. Não vejo muito futuro nisso, se você quer saber. Presta atenção.

— Eu sabia que você ia dizer isso. Sabia. Pensa que eu não sei das suas histórias com aquela arquiteta branca-azeda? Te conheço muito bem, Amarildo. Anda, descansa não. Levanta da sua querida Ikea e vamos na palestra. O que eu não conseguir entender, você vai me explicar.

— De onde você tirou essa história de especialista em relacionamento poliamoroso? Tá maluca?

— Na internet.

— Desde quando você sabe mexer na internet?

— A Tituba me ajudou. Não era você que vivia dizendo que os colombianos são educados? Que você gosta deles porque são mais sérios que os brasileiros, que a gente?

— Que "a gente", não. Que "a gente", não mesmo. Que os brasileiros, pode ser. Acho que são. Mas a Tituba não é colombiana. É porto-riquenha.

— *Whatever.*

— Você quer é me dar uma volta, Reni, mas pode ir tirando seu cavalinho da chuva.

— Então eu vou sozinha. Quem quer quebrar o contrato é você, não eu. *Bye now.*

— Vai como? Vai nada.

— Vou de trem, ué.

— O último chega às 10 p.m. Vai voltar como?

Reni sacou o contrato e leu em voz alta:

— Cláusula 4: "Criar e promover valores que contribuam para o crescimento e o bem-estar de cada participante e do relacionamento."

— *So what?*

— Se eu perder o trem durmo na casa da Marcelly. Ela está de *roommate* com um dominicano em Washington Heights. Eu tenho o celular dela, não precisa se preocupar. Dormir fora vai me ajudar a cumprir a cláusula. Ah, e olha, eu já ia esquecendo: a sua amiga gótica ontem foi mais homem que você. Até *fisting*, não é *fisting* que se chama?, ela fez comigo. Sabia que depois do *fisting* não existe mais pau grande? É. *See you.*

Reni saiu de casa chorando e chorando se sentou na calçada, mas a uma distância segura, para que o marido não ouvisse. A palestra aconteceria mesmo, em Manhattan. Só que Reni não queria ouvir uma americana ensinando o caminho para a felicidade poliamorosa. Queria chorar, e chorou a noite toda. Procurou chorar quieta. Havia alguns brasileiros morando por ali. Havia americanos também, e americanos adoram chamar a polícia quando o assunto é a família dos outros.

## III

Na manhã seguinte à noitada com os brasileiros, Tituba conseguiu uma carona para ir para casa. Na beira da estrada, os bons samaritanos evitavam a hispânica gótica. Diante do terceiro ou quarto caminhoneiro que passava, ela abriu a jaqueta e levantou o bustiê e o sutiã. Em outras ocasiões o flash lhe rendera o que precisava, e mais uma vez dera certo. Ela subiu no caminhão tranquila, pronta para mostrar um pouco mais se o caminhoneiro quisesse cobrar taxa extra. A calça, com tantas ilhoses, daria um suspense que o senhor obeso, com sua barba por fazer, sua camisa xadrez por cima de uma camiseta branca e seu boné em que se lia "Jesus", saberia apreciar.

Erro de avaliação. Tituba passou metade da carona ouvindo um sermão do bom samaritano, eleitor de George W. Bush, homem temente a Deus que votara contra o casamento homossexual e era voluntário em uma igreja texana, na qual, disse ele, o trabalho espiritual junto a imigrantes era bastante intenso, principalmente com os brasileiros, que mesmo depois dos atentados continuavam chegando. Ela não era brasileira, era? Bem, uma jovem como ela, vivendo na terra das oportunidades, não deveria usar o sexo para conseguir aquilo que lhe faltava. Deveria estudar e trabalhar. A América recompensava os esforçados.

Tituba ficou quieta, esperando que ele se calasse. O que ele fez. Mas a segunda metade da carona não transcorreu em silêncio porque os CDs evangélicos do motorista não deixaram.

Mais uma vez Tituba chegou atrasada ao trabalho. Um resto de maquiagem, a roupa amarrotada com uma mancha qualquer no bustiê de PVC, os cabelos ressecados e desgrenhados, o cheiro de cigarro e álcool e sexo — foi a gota-d'água.

O gerente da butique era um gay também porto-riquenho que detestava ser gerente de butique, pois se considerava um *struggling young designer*, muito embora tivesse passado dos 35 anos, e se mantivera mais ou menos feliz por conta de bicos como assistente de figurinista até o dia em que lera numa das revistas semanais de Nova York um colunista, também gay, afirmar que figurinista, quem vivia de vestir os outros com roupa produzida por terceiros, era uma extensão ou cópia das funções da maternidade. Isso bastara para que ele restringisse seu *day job* à gerência da butique, uma vez que só uma coisa lhe dava mais raiva que a butique: a própria mãe. A butique vinha em segundo lugar na escala da raiva, porque o dono, tio dele, jamais cumprira a promessa de investir no talento criador do sobrinho, preferindo se ater ao dinheiro mais ou menos fácil que roupas e acessórios de vagabunda latina lhe davam na loja.

Não era um bom momento para perder o emprego. O senhorio dela diria que o problema da crise financeira causada pelos atentados era de Wall Street, não era do povo e não era da inquilina gótica hispânica. O dealer diria a mesma coisa. Ela que tratasse de fazer a América, como todo mundo.

Voltar a servir *burgers* ou se prostituir? Passara por todas as boates que sua rede de contatos permitira, *wristband girl, coatcheck girl*, garçonete, bartender, e no final sempre a mesma coisa: trabalhar com público era insuportável.

Durante certo tempo arranjara um dinheiro que não era mau prostituindo-se conceitualmente: numa boate, conhecera um americano corporativo que a convencera a prestar serviços de *bottom* para fins de *spanking*, só. Nada de penetração nem troca de fluidos. Apenas *spanking*. Pagara muito aluguel assim, mas depois de alguns meses o cliente sumira. Isso poderia lhe abrir uma frente de trabalho, porém não mais como *bottom*, embora sua tolerância a dor fosse alta. Talvez conseguisse um emprego de *pro-domme* em algum *dungeon* ou *club*?

Tinha raiva de todos os ex-namorados. Ou eles tinham raiva dela, em primeiro lugar. Sua luta gótica afastara as amigas sem que ela tivesse se firmado na subcultura — por causa da cor, ela tinha certeza de que sim. Que ela soubesse, nenhum site de pornografia alternativa tinha negras e morenas. Vá lá, uma ou outra. Só que os fãs das góticas adoravam justamente a brancura que contrasta com cabelos e pentelhos escuros e tatuagens, coloridas ou não. Sabia disso. Mas para ela a coisa gótica não era moda, era sua natureza. Desafiava qualquer gótica americana a recitar poemas góticos. Quantas delas já tinham feito sexo num cemitério? Conheciam o gosto do sangue que não fosse da menstruação? Usavam nomes estúpidos, como se fossem personagens de novelas gráficas, mas eram garotas certinhas, sem vocação para o mal.

Uma boa ideia: gostava de escrever, então poderia tentar se reinventar como auditora existencial. Tinha um caso nas mãos.

## IV

Reni adorou o telefonema. Chegou a contar o tempo até Tituba finalmente aparecer. Trocou a roupa de cama, tomou um longo banho, passou o melhor hidratante, o mesmo que reservava para as celebrações de que o marido já não fazia mais questão, secou e escovou os cabelos, vestiu jeans de marca comprado num outlet de New Jersey e uma blusa brasileira antiga mas de boa qualidade, cujo decote, com o sutiã certo, ainda era capaz de confundir: seios siliconados ou não? Sim, ela ainda tinha um material que não fazia feio no paraíso das peitudas.

Problema: o que oferecer? Essa coisa poliamorosa a obrigaria a rever os critérios de abastecimento da despensa. Restavam seis garrafas de cerveja. Quentes.

Tituba chegou e não quis bebida nem conversa: levou Reni para o quarto. Reni se sentiu muito feliz como vítima da fúria de Tituba: agora ela aprendera que gostava de sexo raivoso.

Depois do sexo, Tituba disse que, relação poliamorosa ou não, precisava ficar por ali durante um certo tempo. Desempregada, não tinha para onde ir, certamente se ficasse em casa acabaria arrumando problemas com a pessoa a quem devia dinheiro. Em troca, faria de Reni uma nova mulher. Já estava fazendo, Reni sabia que sim.

Reni deveria aprender a mentir. Era óbvio que Amarildo estava cansado dela. Toda essa história de relação poliamorosa não passava de uma grande mentira. Logo, também uma farsa era o que ele merecia, depois de toda uma vida de dedicação da esposa. Reni não podia esquecer que era ela quem cuidava dele. Sem ela, aquela casa teria virado um pardieiro de prostitutas. O casamento servia para isso, para evitar a morte dos fracos.

As coisas que Tituba tinha ouvido no caminho do bar até New Rochelle, melhor nem comentar. O importante era uma vida nova nascendo. Reni não precisava de psicólogo, *life coach*, grupo de apoio, nada. Precisava de amor. Amor escorado pela raiva. Podia ter certeza de que amor Tituba tinha de sobra para lhe dar, estavam juntas naquele momento tão especial.

Um bom começo: inventar uma história sobre algo que estivesse acontecendo havia algum tempo. Uma mentira estática podia ser mais fraca que uma mentira dinâmica, algo que desse uma perspectiva de continuidade subterrânea. A mentira contínua, quando descoberta, aumentaria o senso de desorientação de Amarildo.

Quando ele entrou em casa, ficou desorientado ao se deparar com Reni e a porto-riquenha vendo televisão na sala, juntas, burocráticas como um casal. A vagabunda tinha tido o nervo de retornar sem lhe pedir autorização: o que Reni pretendia? Se achava que uma relação poliamorosa incluiria a piranha gótica, estava muito enganada, absolutamente *clueless*. Ele mandava naquela casa. Reni não tinha o direito de invadir a zona de conforto que ele suara tanto para construir e continuava a suar para manter.

— Eu não quero essa mulher na minha casa — disse ele, em português. — Vou tomar banho, quando eu voltar quero ela fora daqui.

— Ela fica — disse Reni, calma.

— Vocês duas saem!

— Esta casa também é minha. *This house is mine.*

— Quero ver você provar no tribunal.

— Eu provo.

— Com que dinheiro? Vai pegar esses advogados de litígio, vai se dar mal.

— Eu conheço um advogado. Conheço muito bem. *I know him very well.* Até os sinais de nascença dele.

Tituba não compreendia as especificidades da discussão, mas, dada a atitude confiante, Reni estava aprovada. Reni poderia talvez evitar que a voz afinasse nas falas que deviam soar as mais críticas, mas isso com o tempo seria corrigido.

— Eu também dei umas puladas de cerca. *I also jumped the fence.*

Tituba não entendeu o que Reni quis dizer. A tradução simultânea precisava de aprimoramentos.

— Hoje mesmo a Tituba e eu tivemos um *threesome*. Com um cara que você não conhece, mora aqui perto.

— Mentira, tudo mentira! — disse ele, agora atrás do bar, procurando as cervejas. — Onde estão as porcarias das minhas cervejas?

— Procura que você acha. A gente até pensou em levar para o *threesome*, mas essas cervejas que você bebe são uma porcaria. Agora, se você quer relaxar mesmo, temos um presentinho de boas-vindas. *We have a welcome gift for you.* A Tituba e eu decidimos te dar uma coisa que você falou pra ela e que ela me contou e que você nunca disse pra mim que queria. Vamos te dar um... como é o nome mesmo, Tituba? *What is the name of the thing?*

— *Cum swapping.*

— *Cum swapping*, né? Como é o outro nome também? *The other name?*

— *Snowballing.*

— *Snowballing. Snowballing* é fofo. Agora, larga essa cara de pamonha e vamos pro quarto. Vem ver quem é a sua mulherzinha. Tudo isso aí que você fica vendo na internet quando está sozinho na sala, você pode ter aqui na nossa casa, agora.

— OK, *deal*. Mas isso não quer dizer *agreement*. Depois a gente vai conversar.

Não houve conversa. Para evitar o confronto, Reni partiu para o segundo movimento, tal como ensinado pela professora gótica. O *threesome* e o *cum swapping* deveriam ter corrido às mil maravilhas, mas Amarildo não ficou muito satisfeito. Era para ele ter se sentido mais americano que nunca e fantasiar a ampliação absoluta de sua nova política sexual, de maneira a dominar o mundo sem sair da cama, atacando primeiro por continentes. Asiática, poderia alugar numa das muitas agências nova-iorquinas de prostituição coreana. Pagando, também poderia pegar uma russa. Africana, europeia e australiana, talvez em alguma festa de *speed-dating* segmentada — havia muitas em Nova York.

A verdade é que o *cum swapping* não se pareceu em nada com o que ele conhecia da internet, o que muito o frustrou.

A razão de base: ejaculação insuficiente, visualmente fraca. Culpa, certamente, de sua secretária, jovem mineira que Reni não conhecia e que estava engordando cada vez mais, jogando fora até o rosto delicado que ainda se prestava a beijos, sexo oral, *cum gurgling*. Tinha a impressão de que a fonte estava secando, tanta era a prontidão da mineira. A razão circunstancial: o comportamento de Reni. Amarildo achou que Reni cometeu o erro de muitas americanas: tentar imitar atriz pornô, imitação que soou falsa como um deboche. A razão implícita: a vagabunda gótica não se protegia. Era uma terrorista.

Amarildo ia enfim tomar banho, mas parou para ver Reni acariciando o colo de Tituba, brincando com o pingente de um dos muitos cordões da porto-riquenha. De dentro do pingente Tituba retirou um punhalzinho. Reni pegou o punhal e lentamente riscou um dos seios, abrindo um filete de sangue. Como era possível você ficar casado por tanto tempo e de repente descobrir que não conhecia a sua mulher?

— Tá maluca, Reni?! — disse Amarildo. — Ficou maluca depois de velha?!

Reni deixou passar a ofensa, precisava se concentrar para seguir as instruções de Tituba. A lição agora era encenar o comportamento autodestrutivo, que ajudava a evitar o autoconhecimento. Combinado com a mentira da lição número um, expandia a desorientação do alvo. Uma atitude de fragilidade atraía o cavaleiro branco para a cilada. Sim, havia o perigo de Amarildo, já desinteressado, desistir de vez da mulher. Era um risco que Reni tinha que correr. O desenvolvimento ideal do passo dois levaria, porém, às etapas três e quatro, capazes de inverter o jogo covarde proposto pelo macho brasileiro.

— Não sei o que eu estou fazendo — disse Reni, forçando o choro. — Me deu vontade de me cortar, só isso. Quero me machucar para esquecer a dor que eu sinto aqui dentro agora.

— Eu não quero essa gótica mais aqui, quantas vezes vou ter que dizer?! — disse ele.

— *No te olvides: tengo todo el porno de internet en mi repertorio* — Tituba disse. Ela escolheu o espanhol para sugerir submissão cultural e, portanto, carnal.

— Quer saber de uma coisa, Amarildo? A culpa é sua! — Reni disse, um filete de sangue escorrendo pela barriga.

Tituba tirou da bolsa a máquina. Reni fez uma pose debochada, Tituba clicou. Reni retomou o modo vítima.

— Culpa de quê?!

— Disso que está acontecendo com a gente. Disso que está acontecendo comigo.

— Você diz que me coloca chifre e a culpa é minha? *What the fuck?!*

— Você nunca nem pensou em me comunicar as coisas, em negociar isso e aquilo sexualmente. Sempre me tratou feito idiota. Eu não sou idiota não, Amarildo. Não, não. *No way*, José. Esse tempo todo eu tive que reprimir as minhas coisas, as minhas questões. Não é só você que tem direito às coisas. Eu tenho também. Eu me anulei. Dei carta branca para você liderar a nossa vida, o ritmo, o rumo. Você já pensou nisso? Eu sei da sua história com a arquiteta branca-azeda, das surubas e tudo. Eu sei porque ela me disse, não é por cisma não. E você achando que tinha uma amélia dentro de casa, que eu não tenho fantasia nem nada. Você se achando muito esperto, e aquela lambisgoia te entregando, e sabe por que que ela te entregou? Porque ela também queria me comer. Só isso. Queria esfregar aquela cara aguada na minha xereca. Eu não deixei. Não deixei, eu queria e não deixei. Porque achei uma sacanagem dela te abrir o caminho para a putaria e te trair.

Tituba não prestava atenção. Estava distraída vendo fotos antigas na memória da máquina.

— Isso é mentira. Eu provo, eu provo. Ligo para ela agora.

Amarildo pegou o celular e ligou.

Entrou mensagem de voz. Ela e o marido estavam no Tennessee, na cidade dos pais dela, que havia sido atingida por um tornado.

Amarildo desligou o telefone. Não sentia mais raiva. Estava atordoado. Reni era maluca. Como pudera ter convivido com ela durante aquele tempo todo? A fantasia poliamorosa colocada em xeque, um processo de infiltração vinha tomando conta da propriedade, a parede se esfarelava.

Procurando não demonstrar vitória (estava escrito na cara dele o atordoamento), Reni rememorava as lições de Tituba: culpar o outro, eliminando a necessidade de comunicação e de negociação; fugir de toda e qualquer responsabilidade, colocando no outro a culpa pelas expectativas e pelos desejos frustrados.

— Vou trabalhar — disse ele.

— Você acabou de voltar do trabalho, Amarildo. Daqui a pouco é hora de dormir. Não quer vir com a gente?

Reni tinha que manter a pressão. Tituba tinha dito que, quando o ato de pressionar se elevava ao status de arte, os resultados eram espetaculares. O assédio mental e emocional causava feridas que nunca iriam sarar.

Tituba guardou a máquina fotográfica.

— *Cum swapping again, anyone?* — disse, como se oferecesse água, para provocar Amarildo.

Amarildo disse um palavrão. Tituba respondeu, misturando espanhol e inglês, que raiva caía bem nele porque realçava a autoridade de figura paterna. A observação o interessou pelo motivo menos nobre.

— Que *father figure*? Que *father figure*? — disse ele.

Reni desconhecia a expressão, então nada disse. Tituba disse que amava o cabelo grisalho de Amarildo, mas, se ele quisesse, ela poderia indicar uma tintura melhor do que a que ele usava. No supermercado mesmo havia produtos bons, era preciso apenas saber escolher. Poderiam fazer compras juntos, se ele quisesse.

Mais um dos passos de desestabilização, na doutrina de Tituba. Jogar com a insegurança do parceiro durante uma saraivada de estímulos contraditórios.

Tituba deu de ombros. Arrumou-se mas não se lavou. Foi até Reni, dois beijos ternos no rosto. Amarildo não se deixou beijar. Antes de sair, Tituba disse que ia procurar sexo em outro lugar, ainda dava tempo de pegar o último trem para Nova York — o casal precisava discutir a relação.

Amarildo esperou Tituba sair. Disse que o melhor agora era ele e Reni esquecerem tudo, pelo menos para que ele dormisse em paz. Reni ficou quieta.

Ela saiu do quarto dando boa-noite e foi dormir no sofá. Tituba achava que era melhor evitar intimidade. Reni deveria se manter evasiva e acusadora: "Se você me amasse, ia saber o que eu quero."

## V

Amarildo acordou disposto a pedir o divórcio, mas então ocorreu-lhe que teria que dividir sua conquista americana com Reni. Precisava falar com o contador, precisava de um advogado americano. Não queria os advogados que trabalhavam para imigrantes, nem os advogados brasileiros das comunidades que conhecia.

A fantasia poliamorosa não iria adiante. Administrar um relacionamento dava muito trabalho. Relacionamentos simultâneos o enlouqueceriam. Todas as vezes que a arquiteta liberal lhe dissera que com mulher não se brinca ele não tinha acreditado. Mas ela tinha razão. Se bem que levá-las a sério era perigoso, muito perigoso.

Talvez o melhor a fazer fosse deixar o barco correr. Reni viveria a vida dela, ele viveria a dele, como se fossem *roommates*. Ela não queria tanto fazer coisas que nunca tinha feito, não era isso que vinha dizendo desde o dia em que a maldita cucaracha pisara naquela casa? Pois então. A primeira providência: rasgar o contrato poliamoroso. A segunda: dar carta branca, literalmente. Por escrito. Fosse macha, Reni cairia dentro. Se pedisse arrego, voltaria a ser uma escrava, e dessa vez com muito mais intensidade, entrega total, sem direito a qualquer tipo de queixa.

Reni já não estava mais em casa. Amarildo preparou café, que bebeu de um gole, sem o adoçante habitual. O café não caiu bem. Amarildo sentiu alguma coisa que podia ser *heartburn*. Procurou pastilhas no armário do banheiro, engoliu-as e resolveu se deitar, de roupa e tudo, e assim ficar até que o mal-estar passasse. Telefonou para o escritório e avisou que chegaria mais tarde.

Reni levantara-se mais cedo que o marido e se arrumara para sair sem acordá-lo. Pegou o trem para Nova York para, uma vez lá, fazer hora até poder falar com Tituba.

Mas ainda no trem ela resolveu telefonar e deixar recado. Tituba atendeu.

Em portunhol Reni não poderia perguntar se Tituba já estava acordada ou se ainda não havia dormido. Então foi direta: precisava vê-la. De repente, uma música entrou na conversa, Tituba devia estar numa festa ou coisa assim. Reni pensou em desligar, mas não desligou. Tituba a convidou para conhecer seu apartamento. Queria que Reni participasse da despedida, estava para sair de lá. Não sabia onde iria viver, mas queria festa.

Aquilo não estava certo. Se Reni não tivesse telefonado, o convite não teria sido feito.

— *Come on*, Reni! Te espero — Tituba disse.

O plano para desestabilizar Amarildo, Tituba dizia que tinha encontrado na internet, um antiguia de relacionamentos poliamorosos. Reni começava a duvidar da explicação. Tituba era fria numa hora e na seguinte era caliente. Estranha numa fala, amiga na outra. Por exemplo: ela tinha dito, no primeiro ou no segundo dia, que os latinos eram um povo passivo-agressivo, diferentemente dos americanos, que gostavam de atacar de frente. Reni não tinha entendido, mas Tituba não quisera explicar, fizera cara de tédio. Tituba era inteligente, e diante dela Reni sentia que lhe faltavam faculdades mentais para entender tudo o que ela dizia. Por que Tituba se interessaria por uma dona de casa brasileira e burra?

Reni, contudo, anotou o endereço e as direções (mantinha na bolsa caderninho e caneta, porque nas ruas sempre era útil anotar o que não compreendia ou pedir aos estranhos que lhe davam direção para que escrevessem nomes de rua e de estações que sozinha, de ouvido, não conseguiria escrever) e tentou não pensar em mais nada até chegar ao apartamento de Tituba. Tentou em vão.

Noutros tempos, saindo de casa assim, sem avisar, sem que o marido soubesse do programa, ela já teria recebido um telefonema dele, no mínimo uma SMS, de modo que ele pudesse checar que tudo estava bem, mesmo com toda a segurança que encontravam em toda parte depois dos atentados. Mas naquela manhã ele não telefonou, e ela sabia que ele não ia telefonar nem enviar um bilhetinho telefônico. Ela sentiu saudade de ver o desenho do envelopinho na tela do telefone.

Sentiu saudade também de todas aquelas promessas. Os anos se passariam sem que ele a levasse ao Epcot Center. Ou às praias de verdade, que as praias da região de Nova York tinham água feia e gelada.

Ela já não sabia mais se a conversa dele de esperar para fazer o pé-de-meia era verdade. Ele não queria ter filhos. Ela até tinha tentado enganá-lo com a tabelinha, mas Amarildo era mais e mais racional, a ponto de conhecer os períodos dela. Reni uma vez até perguntara se ele não tinha vontade de ter filhos que pudessem ver como ele vencera na América, filhos que saíssem da high school para uma boa universidade ou até entrassem para as Forças Armadas e lutassem pelo país. E ele só respondia que filho dava uma despesa muito grande, a hora ainda não tinha chegado, era preciso fazer muito dinheiro, precisava trabalhar muito mais.

Como era feio aquele rio. Como eram feias as ilhas. As árvores desfolhadas pelo inverno eram horrendas. Seco, o cerrado também era horrendo, mas era diferente porque no cerrado tinha menos coisas, era bem mais vazio, então tinha menos feiura na época feia. Nos Estados Unidos, não. Tudo era muito, tudo era demais, então quando havia feiura era feiura mesmo, de doer nos olhos. Naquele rio ela nunca iria entrar. Não era barrento nem transparente. Parecia enferrujado. Parecia que o rio é que martelava o trem, fazendo tlac, tlac, tlac.

O corte feito com o pingente de Tituba estava cicatrizando. Reni alisava o relevo enquanto olhava a paisagem passando.

O pouco que viu das ruas do Bronx, achou horrível. Teve a sensação de que os negros e os latinos olhavam para ela como se fossem donos das ruas e, portanto, donos dela. Difícil escolher entre ser ignorada em Manhattan e vigiada no Bronx.

Uma das lições de Tituba que acreditava ter compreendido era aquela a respeito do silêncio. E, para conseguir parar de se preocupar com as ruas do Bronx, rememorou a lição e ensaiou diálogos na cabeça. Tituba dissera que os relacionamentos poliamorosos precisavam de comunicação perfeita o tempo todo. Um modo de fingir se comunicar, isto é, de disfarçar o silêncio era usar frases tiradas de qualquer contexto: revistas, filmes, programas de televisão, canções. De que músicas Reni gostava? Sertanejas. Se Amarildo a perguntasse o que ela queria na vida, que trecho de música caberia na resposta? "Se você ama, qualquer segredo some, é a mulher que realiza o homem" — Chitãozinho & Xororó. Se ele perguntasse o que ela queria dizer com isso, a resposta sairia quase cantada: "Vamos pegar o primeiro avião com destino à felicidade." Mas que conversa é essa, Reni? "Ninguém sabe pra onde ela foi, nem quando vai voltar. Pensar que foi pro Rio, Nova York, sei lá" — Zezé di Camargo e Luciano.

O prédio em que Tituba morava era sujo, tinha paredes pichadas, Reni quase desistiu do encontro. Tocou uma vez o interfone e esperou. Esperou pensando em ir embora, até que Tituba atendeu.

O prédio não tinha elevador. Dava para ouvir da escada a festa no apartamento. Ao abrir a porta, Tituba estava de calcinha e camiseta, sem sutiã. No futton-cama de três lugares, aberto e desarrumado, estava uma mulher também aberta e desarrumada que parecia americana. Conhecesse a expressão, Reni diria que a amiga de Tituba era uma *"crackwhore"*. Surpresa para Reni, que achava que Tituba não gostava de americanos brancos por causa da coisa do racismo gótico. A mulher usava jeans e sutiã, descalça. Do lado dela no futton, um rapaz latino muito jovem, talvez até menor de idade, cujo sorriso tinha um brilho dourado, e não porque dele emanasse qualquer coisa angelical, mas porque tinha incisivos de ouro. Ele estava vestido com botas e calças pretas, camisa preta aberta sobre camiseta branca. Do banheiro, saiu outro rapaz, negro, dono de um corpo em que não se via gordura, só músculos, parecido com o corpo dos dias da juventude de Amarildo, muito antes da barriga da prosperidade americana. Os músculos desenhados na pele davam a impressão de que, mesmo no dia em que ficasse velho, ele jamais ficaria gordo. Flácido, talvez. Gordo, não; nunca.

O negro tinha mãos grandes, orelhas de abano e um olhar penetrante, para descobrir os cantos sujos que não foram varridos, para alcançar as fronteiras mais distantes e para entender o segredo das piores coisas. Era bonito como bonitos não eram os negros brasileiros.

Quando ele saiu do banheiro, Reni sentiu um cheiro de que não gostou e se recriminou mentalmente por causa disso. Por um momento achou que era racista. Mas talvez o cheiro tivesse origem no banheiro, ou então era alguma coisa que pertencia ao apartamento ou àquela reunião.

Faltava ao apartamento o aprumo que Tituba tinha ao se produzir. Faltava amor. Aqui e ali havia papel de parede caindo, uma ou outra mancha de infiltração. A luz do teto era nua, sem luminária. Pilhas desmanchadas de CDs disputando cantos do quitinete com as roupas de Tituba à espera de uma ida à lavanderia. Reni ficou preocupada: será que nem *quarters* para lavar a roupa no prédio Tituba tinha? O prédio não tinha máquinas de lavar? Ou ela não conseguia jogar um charme no chinês mais próximo para ter um desconto na lavanderia? Eram tantas as roupas que certamente careciam de uma lavagem especial... Que tipo de pessoa Tituba era?

Reni se lembrou das palavras da psicóloga-colunista. Se precisava viver sua bissexualidade porque havia tido problemas com o pai e a mãe, precisava viver uma suruba porque havia tido problemas também com os parentes? Porque aquilo era uma suruba, tinha sido ou estava prestes a ser, nenhuma dúvida.

Tituba insistiu para que Reni relaxasse. Envolveu-a por trás e, sussurrando, perguntou se não queria beber alguma coisa. Havia cerveja, bourbon e vodca. Se quisesse, também poderia experimentar maconha hidropônica. Reni nunca tinha fumado maconha, quanto mais hidropônica, palavra que desconhecia.

Ainda deitado em casa, Amarildo continuava a se sentir mal. O remédio para *heartburn* não fez efeito, nem os comprimidos de Bufferin, nos quais ele tanto confiava, uma beleza que não tinha os danos colaterais dos analgésicos americanos — de Tylenol ele queria toda a distância do mundo. Resolveu tomar antibiótico, ainda havia antibióticos no armário do banheiro. Estava febril, e cadê o termômetro digital? Aquela puta portoriquenha devia ter sumido com ele. Sabotadora. Queria roubar

Reni dele, mas não ia conseguir. Reni, aliás, era só o primeiro golpe da vagabunda *homeless*, ela tinha que ser *homeless*, estava era de olho na propriedade. Amarildo não podia ter filhos — Reni não sabia, nunca iria saber —, mas isso não queria dizer que o fruto do trabalho dele um dia iria parar no lixo. Não senhor. Quando o tempo chegasse, a Fundação Amarildo teria o trust fund necessário para educação de trabalhadores imigrantes. Um dia os Estados Unidos se veriam livres da escória ilegal, de vagabundos feito aquela porto-riquenha gótica que tinha roubado o termômetro digital e o coração de Reni, e os imigrantes honestos, cumpridores da lei, precisariam de mais educação para competir e produzir riquezas. Sim, ele conseguiria pagar o financiamento da casa. Não, o banco não tomaria a propriedade. Não, ele não retornaria ao Brasil derrotado. Não, ele não retornaria ao Brasil de jeito nenhum, nem mesmo morto. Sim, queria seu corpo enterrado em Massachusetts, o lugar que o acolhera quando ele chegara aos Estados Unidos, o lugar onde ele começara trabalhando, como pintor de paredes, o lugar em que começara a aprender o que era ser um homem livre.

No apartamento de Tituba, o latino e o negro se deitaram com a branca e a agarraram. Tituba perguntou novamente se Reni não queria beber. Reni respondeu em português:

— Aconteceu mas não valeu. Foi só engano.

Zezé di Camargo e Luciano, "Foi só engano".

— *What engaño*, Reni? — Tituba perguntou, sorrindo. — *My black friend here, his dick is huge. And I know he craves a Brazilian ass. Lots of rim jobs, you know? Beso negro. A tu marido no le gusta lo besito negro.*

— Foi só engano — Reni repetiu.

Reni queria voltar logo para casa. Esperar por Amarildo. Pedir desculpas por tudo. E engravidar. Engravidar nos Estados Unidos, mas ter seu primeiro filho no Brasil. Ter e criar.

## VI

Reni chegou em casa e encontrou Amarildo no escritório, sentado ao computador. Folhas estavam sendo impressas. Ela perguntou se ele trabalhava em casa e, como Amarildo não respondeu, aproximou-se para beijá-lo. Reparou que ele suava, apesar de a calefação estar desligada.

— Você está bem? — ela perguntou. Em vez de beijá-lo, colocou a mão na testa e depois no pescoço dele. — Está com febre?

Amarildo se levantou e recolheu os papéis da impressora. Se ela era capaz de recolher material na internet para atacá-lo, ele também era. Com muito mais intensidade e eficiência, ela ia ver. Derrotar os inimigos com as armas dele, não era isso que os terroristas tinham feito? Ele examinou as folhas, até se decidir por onde começaria a conversa. Pensou em seus dias de recruta. Diante dos papéis americanos, viu que tinham sido dias inúteis. Nada aprendera. Qualquer documento encontrado na internet valia muito mais que o serviço militar obrigatório. Impressionante como era possível estar dentro de um esquema sem na verdade saber nada sobre ele. Amarildo sentia que sua tolice, sua ingenuidade, estava prestes a acabar.

A tolice de Reni, no entanto, não acabaria. Ela estava dentro dos Estados Unidos e vivia uma vida brasileira. Merecia, então, os Estados Unidos? Não. Tinha feito algum esforço para merecê-lo? Não. Sabia que eles enfrentavam o problema do aumento do financiamento da casa. Algum esforço para economizar dinheiro? Não. No único momento em que parecia estar dentro dos Estados Unidos, ela queria uma viagem à Califórnia, para se submeter a uma ou sabe-se lá quantas sessões de clareamento anal. Quando tinha vindo a onda de *Brazilian wax*, ela tinha ficado quieta. Que moda era essa agora de clarear o cu? De onde tinha tirado isso, se sabia muito bem que ele não morria de amores por sexo anal? Porque sexo anal sem camisinha, para ele, nem com a esposa. Quantas doenças se escondiam no buraco? Ele não gostava de usar camisinha, ela sabia muito bem, então que moda era aquela? Onde já se viu, ficar com o cu mais bonito? Reni era, então, uma companheira confiável? Não. Dali a pouco ia querer silicone. Botox. Roupas de grife. Posar de madame à custa de um dinheiro cada vez mais difícil. O nome disso era parceira? Não.

— Por que você não fala comigo? — Reni perguntou, fazendo menção de sair para a sala ou o quarto. — Por que você nem olha para mim, Amarildo? Eu quero conversar com você. Quero acabar com esse clima todo de...

— Vamos ficar aqui — ele disse, novamente examinando os papéis.

A tática de separação era inaplicável, uma vez que ela não tinha de quem ser separada, a não ser dele mesmo e da vagabunda cucaracha. E o isolamento, só se fossem a um motel.

Mas a situação era doméstica e assim teria que permanecer, no campo dele. O escritório era um cômodo que Reni não costumava frequentar. Isto é, a vagabunda a levara para navegar na internet, o que, porém, não caracterizava familiaridade com o ambiente, já que poucos foram os dias de convivência intensa.

Ele se levantou da cadeira do computador e mandou Reni se sentar, o que Reni fez, preocupada. Nunca o tinha visto tão estranho, nem mesmo quando ele tinha ataques de fúria.

Algumas perguntas diretas seriam necessárias.

— Onde você estava?

— Fui ao apartamento da Tituba.

— O que você foi fazer lá?

— Eu fui... Olha, Amarildo, não é nada disso que você está...

— Responda à pergunta, fazendo o favor. O que você foi fazer no apartamento daquela mulher hoje de manhã?

— Eu queria... Não sei, Amarildo. Eu queria conversar. Queria me abrir, me descobrir mais um pouco.

— Não é verdade.

Ele examinou o terceiro item da lista que tinha nas mãos. O segundo, sobre incentivo e remoção do incentivo, ele não via como aplicar naquele momento. Não havia incentivo possível naquela situação. O terceiro item era jogar com o amor que o detido tem por um indivíduo ou um grupo.

— Você foi até a casa daquela vagabunda porque você não gosta de homem e você pensa que aquela vagabunda gosta de você, não é isso?

— Eu não sou lésbica! Eu te amo, te amo, meu amor! Foi por isso que quando você veio com essa história de relação poli...

Reni tentou prender o choro.

— Você acredita que aquela mulher gosta de você. Realmente acredita nisso. Você deveria saber que tipos como ela não gostam de gente como você.

Reni se sentiu ofendida, parou de chorar.

— Esse tipo de mulher não gosta de ninguém, entendeu? E sabe o que ela pensa de você? Que você não passa de uma caipira. Feito eu.

— Não fui eu quem trouxe ela pra cá. Não fui eu quem inventou essa história. A minha vida toda, eu nunca quis fazer mal a ninguém. Eu só queria levar a minha vida, só isso. Só queria ser uma pessoa como as outras, viver normalmente. Agora tem uma coisa: eu gostei dela, sim. Gostei mesmo. O que ela fez comigo você nunca quis fazer. E você só trouxe a Tituba aqui pra me humilhar. Você adora me humilhar. Fica aí com esses papéis, o que é isso? Você pensa que está no cinema? Tem que ler sei lá o quê para conversar com a sua mulher?

— Eu tenho vontade de ter outras mulheres, e daí?, qual o problema? Isso é normal. Todo mundo tem vontade de comer todo mundo, qual o problema? Pelo menos eu tentei fazer isso sem me esconder.

— Depois de uma vida toda se escondendo.

Amarildo acusou o golpe calando-se. O tópico seguinte no memorando era inútil, "ódio emocional: jogar com o ódio que o detento sente por um indivíduo ou um grupo". Reni não tinha simpatia por negros e latinos, mas Amarildo não podia afirmar que ela odiava um ou outro.

— Vamos fazer o seguinte: você me fala a verdade ou isso vai doer mais em mim que em você — ele disse, depois de checar o item seguinte da lista do memorando.

— Ficou maluco? Deixa eu te levar ao hospital, Amarildo. Você não está...

Ele se agachou diante da cadeira e ficou em silêncio, encarando Reni olhos nos olhos. Havia no memorando um tópico sobre isso. O silêncio e o olhar fixo serviam para "encorajar desconforto".

Alguns dos demais tópicos só se prestavam a intervalos de tempo longos, como a manipulação da dieta, a manipulação do ambiente, o ajuste do sono. Ele não tinha tempo. A parada tinha que ser resolvida o mais rápido possível. Já a questão do isolamento estava pronta. Reni vivia isolada e certamente vinha apresentando distúrbios em função disso. Ela reclamaria quando ele a despachasse de volta para o Brasil definitivamente. Depois de um tempo, porém, perceberia a volta como cura.

Amarildo se levantou e perguntou:

— Não é verdade que você e aquela mulher andaram conspirando para me derrubar?

— Que derrubar, Amarildo? Derrubar você pra quê?

— Eu faço as perguntas aqui. Não é verdade que você e aquela piranha hispânica tentaram conspirar para ficar com esta casa?

— E com que dinheiro eu ia pagar a hipoteca?

Amarildo a esbofeteou. Isso nunca tinha acontecido antes. Reni sempre tivera a dúvida: um dia ele iria bater nela, ou os acessos de raiva eram só isso, acessos de raiva? Agora ela tinha a resposta.

— Responde, e responde direito. Você não vai querer que eu fure o seu silicone, vai?

— Mas eu não tenho silicone, Amarildo — Reni disse, chorando.

— Tem sim. Tem sim. Você pegou meu dinheiro para fazer implante com aquele médico brasileiro. Quando a gente chegou aqui seu peito não era desse tamanho.

— Eu engordei, Amarildo! Eu engordei comendo essa porcaria de comida!

Amarildo largou os papéis, segurou Reni pelos braços e levantou-a da cadeira do escritório. Ela gritou. Ele deu outro tapa, girou-a para ganhar as costas dela e aplicar uma chave de braço e poder, com a outra mão, tapar a boca dela.

— Você vai me contar tudo antes de eu te devolver pro teu país! Você vai me contar todas as puladas de cerca, vai me dizer o que aconteceu hoje na casa da piranha, tudo, tudo!

Ele arrastou a mulher até o banheiro. Teve alguma dificuldade para fechar a porta e colocar Reni deitada de barriga para cima na banheira, que era também o chuveiro. Montou em cima dela, prendendo os braços de Reni entre suas pernas. Pegou a toalha de rosto e cobriu o rosto dela. Ligou o chuveiro um instante, o suficiente para encharcar a toalha, e fechou a torneira. Reni tossiu seguidas vezes.

Ele retirou a toalha. Ela cuspiu água e gritou para que ele saísse de cima dela. Amarildo tornou a cobrir o rosto dela com a toalha e a ligar o chuveiro.

— Você vai me contar que estava na casa da puta para conspirar contra mim. Vai contar que fizeram uma suruba por conta do dinheiro que vocês acham que vão conseguir. Confessa logo, que é melhor pra você!

Reni tossiu e se debateu.

Amarildo retirou a toalha.

— Confessa! — ele disse.

— Eu confesso, eu confesso — ela disse, desesperada. — Eu fiz suruba, eu dei para um banqueiro brasileiro, eu dei pra desabilitado, eu fiz tudo, Amarildo, eu fiz tudo, para, para!

A água do chuveiro tornou a cair sobre o rosto de Reni. Amarildo não acreditou na confissão. Ela queria se livrar, mas não ia ser fácil assim. Ela tinha que confessar a verdade com todos os detalhes, estava apenas cuspindo perdão.

— A vagabunda roubou a sua alma, Reni. Eu pesquisei, Reni. Busquei na internet. Tituba é nome de bruxa, você sabia disso? Essa conversa de "*besito* negro", você não entende. Entende? É o beijo do pacto com o diabo. Eu vi na internet. Ela quer pegar a sua alma, Reni. Já pegou, vai me dizer que não? O que esses pés-rapados cucarachos querem é acabar com a gente, principalmente comigo, que estou fazendo o sonho americano que eles nunca vão conseguir, não importa quantos beijos eles derem no cu do Bin Laden. *No way*, Reni. Você confessando, vai ficar curada e vai ajudar a limpar esse país, expulsar essa escória, acabar com essa gente, porque eu vou meter a piranha na cadeia, entendeu? Vou denunciar ela pra imigração. Aí você também, você vai voltar, vou dar um dinheiro, e você vai ficar no Brasil, que é o seu lugar. Seu lugar não é aqui, você nem consegue aprender a falar inglês direito, Reni. Os Estados Unidos não são pra gente como você.

Gente que não trabalha, só parasita. Só parasita. O gerente do financiamento da casa também é um parasita, mas pelo menos ele trabalha, o maldito mexicano trabalha! E o lugar dela, Reni, o lugar da sua amiga vampira também não é aqui, entendeu, Reni? Você está me entendendo? Isso aqui não é lugar pra gente fraca, Reni. Não é lugar pra quem pensa que é uma coisa e na verdade é outra. Você não é moderninha. Você não tem colhão pra encarar o sexo americano, Reni. Você não tem qualificação, Reni. Diz que me entendeu, que está entendendo tudo, Reni.

Ela não respondeu. Havia parado de se debater, e ele não tinha percebido, como também não tinha percebido que a água já havia coberto o rosto dela, quase chegando à cintura dele.


VII

Os paramédicos chegaram um pouco antes de a polícia chegar. Amarildo ainda estava com o celular na mão. Não conseguia se decidir se deveria ou não dar telefonemas para contratar um advogado. Tinha deixado a coisa correr, e deu no que deu. Talvez fosse o caso de continuar assim.

# 3

Esta carta — carta, sim, porque prefiro evitar ligar para vocês, e não tenho acesso a computador agora —, na verdade, sendo o mais sincero possível, é um modo de eu passar o tempo. O que vocês souberam pela imprensa é mais ou menos verdade. O que o advogado deve ter dito a vocês também é mais ou menos a verdade. Houve um momento em que pensei que deveria escrever esta carta porque tinha de estar me sentindo muito, mas muito envergonhado mesmo. Acontece que por mais que eu me examine e analise tudo o que me aconteceu a vergonha não se sustenta. Sinto que este patamar de sinceridade vai fazer vocês sofrerem, vocês que tantos outros patamares da minha sinceridade tiveram de suportar antes da separação.

Se a família é insuficiente para eu me remoer envergonhado, a comunidade de que fiz parte também é, aqui e aí. Creio ser impossível sentir saudades dos jantares de gala que elegem o brasileiro e o americano do ano. Proporcionalmente, a comida servida era similar à que me fornecem agora — apesar da cozinha dos hotéis escolhidos para a cerimônia e dos patrocinadores do evento —, e creio que isso explica tudo. A reverência com que era tratado, aqui e aí, perdeu todo o sentido.

As pessoas sempre buscam explicações. Não sei se isso é verdade. Eu mesmo era pago para explicar as estratégias sugeridas ao patrão e aos clientes. Disto, sim, deveria me envergonhar. Inicialmente, os colegas riam quando eu dizia que minha profissão era sequestrar países. Aos poucos pararam de rir da piada. Porque a descrição nada tinha de piada. Existe algo muito maior do que os países: as pessoas. Eu me tornei uma pessoa melhor graças ao investimento que fiz. (Perdoe pelo uso metafórico do jargão. Lembra-se do tempo em que eu gostava de poesia? Se me negarem a fiança, e se eu tiver de cumprir pena encarcerado, lerei toda a poesia que não li desde que nos casamos.)

Você se lembra do Jack. O único colega com quem eu me sentia à vontade para conversar sobre o trabalho e a vida. Ele tem uma explicação para a origem disto tudo. Pudemos conversar antes da prisão temporária. Ainda gosto dele. De todos os profissionais que conheci aqui, era o único, devo dizer, malandro. No melhor sentido.

Talvez porque não esteja mais que uma geração longe do que aqui chamam de "lixo branco", um sujeito cujos dotes intelectuais o salvaram do "parque de trailer", da mãe alcoólatra, do pai inútil, dos amigos marginais.

Ele acha que concebi toda esta história num delírio de grandeza, que ele admite não compreender, com o único objetivo de dar um tiro no meu próprio pé. Ele acha que a grandeza do esquema é consistente com o que, na opinião dele, eu verdadeiramente sinto pela profissão que nos deu tanto conforto convencional. Se eu realmente quisesse romper com tudo, teria simplesmente me aposentado, ao invés de me enveredar pela trilha do que ele chama de perdição. Por sinal, prestativo como todo americano decente, ele mandou dizer que está ao seu dispor, se você precisar de ombro ou qualquer outro tipo de suporte.

Agora me ocorre que a carta é mais que passatempo. É também uma esperança de ecoar numa alma que tentará me compreender uma vez mais. O fato de ser filha de embaixador provavelmente lhe dá um condicionamento de evitar dizer "não" a quem quer que seja desinteressante. Eu sou desinteressante e também por esta razão deveria esperar sua condenação. Mas seu pai não foi um embaixador qualquer, nem você é uma mulher qualquer. Direta ou indiretamente, ele a obrigou a aprender lições muito duras sobre a vida. Você sofreu diante da ausência e da presença dele. E depois nosso único filho também nos ensinou o quanto é fácil errar na vida. "Se feres ninguém, faça o que quiseres" é a moralidade que ele intuitivamente e agora eu, deliberadamente, abraçamos. Desconfio de que seguir a máxima seja impossível, embora eu tenha abraçado o princípio com todas as forças destes braços que um dia foram atléticos. E dele jamais sairei. Agora entendo que, à maneira dele, seu pai era um homem libertário. Muitos diplomatas são, certamente sob a motivação adicional de que eventuais desvios da norma quase sempre recebem um rótulo de excentricidade que não merece a atenção da opinião pública. Ele foi mais um homem que provou que o ser humano é contratual por natureza. Aceitamos qualquer contrato que nos faça pertencer ao que quer que seja. Foi você mesma que um dia me disse isso, durante aquela excursão pelo Oriente Médio. Se evitei dizer o que deveria ter dito naquela viagem, digo agora: eu não estava preparado para aceitar suas verdades. Se você, porém, tivesse tido, ou se teve, a coragem de experimentar um daqueles adolescentes, hoje eu lhe daria, do fundo da alma, meus parabéns, ainda que dificilmente você pudesse soltar sua sexualidade. (Mais uma digressão, por favor. A psicologia convencional lhe diria que sobreviventes de abuso tendem a abusar. Nem pense nisso. Almas doentes pertencem a sociedades doentes.)

Estes foram os últimos parênteses. Os fatos a seguir serão claros, de fácil entendimento, autoexplicativos.

Esconder-se é a verdadeira traição. Nos meses que antecederam a internação do nosso filho na clínica de São Paulo e sua partida, eu estava me escondendo. Escondendo-me, entretanto, com vontade de me denunciar. Incontáveis vezes esqueci o computador ligado, sem me desconectar do servidor de bate-papo. Suponho que você tenha entrado no escritório e, a despeito da sua educação de coloração protestante, tenha bisbilhotado aquilo que, para todos os efeitos, era trabalho levado para casa.

Claro que não era. De uma hora para outra, me viciei em bate-papo on-line. Jack acha que meus atritos com a chefia, sob a rubrica geral da crise da meia-idade, me levaram a buscar algum tipo de alívio; no caso, aquele mais fácil e mais em voga. Ele acredita que minha relutância em rebaixar a dívida brasileira, contra praticamente toda a maré do mercado, e a consequente decisão do banco de transferir minhas funções, que usei para pedir demissão, são a raiz do pecadilho. Engana-se. Antes do ano eleitoral, muito antes, eu vinha me questionando, mais ou menos em silêncio. Hoje, aliás, os fatos demonstram que a minha avaliação era correta. Quase todos os meus colegas escreveram que era muito difícil enxergar o Brasil novamente entrando num ciclo virtuoso, e no entanto o país não quebrou. Muito pelo contrário, tornou a ser um modelo de papel. Claro, os historiadores da economia, e os jornalistas também, sempre debaterão se o Brasil foi vítima da nossa chantagem ou se decidiu permanecer a reboque dos bancos por causa da estratégia eleitoral e de governo. Talvez tenha sido uma caça às bruxas preventiva, talvez tenha sido a maturidade a mostrar que não existe esquerda, quem sabe? Eu sei que não quero mais saber. Isso já não tem a menor importância para mim.

Você provavelmente acha que o nosso casamento agonizou em silêncio. Penso que não foi bem assim. Mágoas acumuladas soam alarmes de frequência oscilante, mas sempre detectáveis. Nós, que nos julgávamos tão racionais e superiores, tão práticos, deixamos acumular frustrações que nos transformaram em passivos agressivos. Quando nos casamos éramos muito jovens. Você acreditou, e eu também, que eu seria o líder da sua reinvenção, que eu me comportaria como um personal trainer da sua musculatura intelectual e das suas juntas emocionais. Quando percebemos que isso não aconteceria, tivemos nosso filho. Você então se entregou a ele, querendo evitar a todo custo, a começar pelo da sua reinvenção, o ambiente vazio em que você foi criada, sob a exclusiva autoridade de governantas e babás. O neto não aproximou sua mãe, a deprimida crônica, nem seu pai, o pederasta narcisista. Nem nos aproximou. Nem aproximou você de você mesma. Eu talvez tenha me aproximado de mim mesmo por causa dele, mas pelo motivo oposto ao do instinto de pai. Ele me fez ver, e eu tentei lutar contra a visão, que minha existência deveria ser conformada pelo medo de morrer sem ter tido todas as formas de prazer alcançáveis por um homem tão bem-sucedido quanto eu. A ironia era esta: naquela época, você estava casada com uma versão pluralista ou inclusivista de seu pai. E eu me casei com uma versão pop de sua mãe. A conta iria parar nas mãos do nosso filho.

Eu me lembro do dia em que estávamos com ele, antes do derrame, quando vocês conversaram sobre qualquer coisa da sua juventude. Ele me disse, rindo daquele jeito salgado, que você um dia tinha pensado em trabalhar de verdade, fazendo filantropia não com o dinheiro dele, mas com o dinheiro de governo e de empresas, de maneira a ajudar os pobres do mundo com o capital alheio, dos lucros e dos contribuintes. Seu pai disse que você queria se tornar mais uma "gostosa dos negrinhos". Ele nunca tinha visto uma jovem rica brasileira que quisesse se tornar uma "gostosa dos paraibinhas" ou uma "gostosa dos mendiguinhos". Seria culpa de Hollywood? Possivelmente, muito embora tantas europeias que desprezam a cultura popular americana sintam a ânsia de contrastar a própria beleza com o horror africano. A miséria africana, por alguma razão que ele disse não entender, eu me lembro bem, era o pretexto para quem se julgava dono de um ego global, e ele duvidava que você tivesse ego, quanto mais global.

Interessante o paralelo. Eu poderia ter me entendido bem com seu pai. Depois do derrame, tentei entretê-lo pelo menos uma vez. Foi naquele Natal em que tentamos reunir a família em São Paulo. Seu pai nunca era deixado sozinho, mas em algum momento da tarde do dia 24 ficamos eu e ele a sós, isto é, ele sem os cuidados profissionais do enfermeiro, que devia ter ido atender a um telefonema, enquanto você e sua mãe conversavam ou tentavam conversar noutro recinto do apartamento; para uma deprimida crônica, ela viveu bastante. Já o nosso filho não quis sair da clínica para passar o Natal conosco, então lá estava o quarteto reunido em São Paulo. Não tenho certeza se seus pais teriam convidados para a ceia. O registro daquela e de outras noites se tornou difuso. Lembro-me somente do ato principal. A presença de uma empregada formosa no apartamento me excitou quase instantaneamente, e graças a ela pude dar um presente de Natal improvisado, verdadeiramente meu, que nada tinha a ver com o que você comprara para ele: masturbei-me diante de seu entrevado pai. Quero acreditar que o rosto petrificado pelo derrame quase cedeu ao que ele sentiu — tenho certeza — vendo o genro se masturbar.

Pois lá estava eu, enfiado no computador, dentro de casa, o computador sendo agora o último refúgio dos velhacos. Pelo menos em termos de etnias e formações, nossa vida social era naturalmente abrangente. Porém, quando dei por mim, estava buscando mais e mais abrangência, uma abrangência anônima que com um mínimo de esforço traria um máximo de resultados. As redes sociais eletrônicas o libertam dos seus limites sociais e geográficos. Eu queria me libertar de mim entrando nelas. De mim e de você.

Afirmei, parágrafos acima, que fiquei viciado em bate-papo on-line. Por definição, economistas deveriam ser profissionais à prova de vícios. Teria sido mesmo vício? Teria eu desperdiçado recursos para obter um acúmulo absolutamente imaginário? Não foi energia desperdiçada. Eu me vi trocando sentenças com pessoas que se apresentavam como mulheres jovens, a maioria delas muito desinteressante, pelo menos por escrito. Parti das buscas em sites generalistas rumo a nichos específicos, ainda preso à alma que um dia você conheceu, posto que em sites de gente ligada às melhores universidades americanas querendo encontrar gente das melhores universidades americanas. Pensei até em voltar a dar aulas. O charme decadente de ex-analista, somado ao natural apelo de mestres, os sábios da aldeia, me renderia acesso rápido aos prazeres baratos. O custo de tal estratégia certamente poderia ser alto, e de todo modo o retorno seria incerto. O escândalo que me cerca hoje não é custo, note bem. Escândalo teria sido custoso naquela época, quando eu procurava prazeres baratos. As circunstâncias hoje são distintas, muito distintas. Hoje pago pela iluminação. Qualquer preço é pequeno diante da recompensa iluminada.

Uma pessoa me chamou a atenção on-line. Não é jovem, como você já sabe. Eu estava explorando os nichos do mercado de on-line *dating*, pensando nesta nova mídia que expandiu a coisificação das pessoas. Você é um produto anunciado num *site*. Os *sites* de relacionamentos e encontros promovem o escambo de mercadorias perfeitamente autônomas. O produto é descrito em texto e em imagem, que costuma ser facultativa. As características do produto, isto é, o texto e a imagem, não necessariamente correspondem à verdade mesma do produto. Os consumidores sabem disto porque no caso também eles são produtos, também para eles vale o artifício da propaganda enganosa. E, por mais sinceros que os produtos possam ser, nada garante que não estejam fantasiados pelos mecanismos de autoilusão oculta do fabricante, os quais também determinam a escolha das características destacáveis e o vocabulário empregado na descrição delas. Resolvi fazer o exercício: se fosse um produto desse mercado de trocas simbólicas, como me anunciaria e em que nichos?

Examinei o que os prestadores do serviço tinham a oferecer na ocasião — hoje a indústria tem mais segmentos — e decidi espalhar anúncios em todos os nichos possíveis, de encontros entre gente das universidades aos de fetiche, dos sites de adúlteros de ocasião aos de caucasianos de meia-idade. Para cada um concebi um produto, inclusive femininos. Todos perfeitamente plausíveis. Se meu antigo eu tivesse um componente fetichista, qual seria? A primeira resposta que me dei foram os uniformes, então, sem mais elucubrações afora o fato de que militares são em geral sexualmente populares, especificamente neste estado de coisas deste país, postei um anúncio pintando-me como entusiasta de uniformes militares, numa linha mais sutil de "nazi-chic", ou seja, sem suásticas e congêneres. Você conhece um pouco a minha imaginação, de maneira que vou omitir mais detalhes sobre as mercadorias que expus.

Atribuí à não postagem de uma ou mais fotografias o inicial fracasso do empreendimento, no campo dos anúncios em que apresentei mercadoria masculina heterossexual. As mercadorias femininas, igualmente heterossexuais, tiveram respostas, todas desprovidas de graça. Concluí então que também na internet as mercadorias fêmeas são mais assediáveis que as mercadorias macho, do ponto de vista heterossexual, mesmo numa geografia da sociedade americana que se vangloria de transgressões.

Para testar mais nichos, concebi um anúncio em que a descrição de cada mercadoria, masculina e feminina, sugeria de modo cifrado um determinado tabu. A possibilidade de vir a ser preso em uma armadilha de investigação, tenho de admitir, não foi levada em conta, talvez porque os anúncios não procurassem, mas oferecessem esse tabu, o que na verdade, porém, é explicação insatisfatória, pois eu poderia ser tomado por agenciador. Sinto-me confuso agora.

Era o tipo de anúncio com vasto potencial para atrair pervertidos. Qual seria a economia psíquica da perversão, eu não sei dizer. Certa noite, o programa de mensagem instantânea acusou uma solicitação de bate-papo, que aceitei. A pessoa usava um apelido andrógino. Mostrou-se educada o suficiente para pedir licença ao iniciar a conversação. Afirmou que lera e relera meu anúncio e que tinha o palpite de que se tratava, o autor, de adulto se fazendo passar por menor de idade, tal como um inexperiente investigador do FBI tentando armadilhas para vasculhar a internet à caça de pedófilos. A análise textual, disse a pessoa, verificou discrepâncias no vocabulário, uma escolha de palavras inconsistente com a idade anunciada, mesmo que se tratasse de adolescente letrado. Uma segunda hipótese: uma pessoa estrangeira, sem completo domínio da língua inglesa. Quase tomei a segunda hipótese como ofensa. Mas avancei no interesse. Eu havia sido objeto de um missivista com dotes de exegeta. Abri-me, explicando mais ou menos quem eu era: um enfastiado banqueiro de meia-idade participando de um experimento social on-line, agora maravilhado diante da própria inocência ou da perspicácia do interlocutor. A pessoa então respondeu como se acreditasse no que acabara de ler, louvando minha tentativa de saber quem realmente sou, ou era. Quando eu quis saber com quem estava *teclando*, como se diz no vocabulário dos usuários de mensagens instantâneas e salas de bate-papo, a pessoa me enviou um link, remetendo-me ao seu perfil eletrônico. A foto era de uma mulher da nossa geração, dona de cabelos bem compridos, um rosto forte, com rugas charmosas. As informações do perfil continham pelo menos um tópico a respeito de algo em que nem eu nem você tínhamos interesse: espiritualidade. Parecia uma mulher bonita demais para ter fé, foi o que pensei.

Tirar ou escolher uma fotografia minha para mostrar à minha missivista eletrônica foi uma decisão de difícil execução. A começar pelos motivos óbvios: o sobrepeso que inchou meu rosto, um leve temor de me expor ao desconhecido, que poderia se voltar contra mim.

A foto escolhida mostrava toda a minha banalidade. Terno e gravata. Teria, no entanto, a virtude de me mostrar ao natural. Deu certo, porque a missivista deu continuidade à troca de mensagens.

Passamos cerca de um mês nessa troca, período ao longo do qual parei de checar eventuais respostas aos meus demais anúncios. Só então marcamos o primeiro encontro. Devo ter dito qualquer mentira para você, sob a crença de que mentira a mais ou a menos seria inócua. Devo ter dito algo na linha de "querida, tenho um jantar de negócios hoje". Possivelmente todas as mentiras que lhe disse — e quase nenhuma foi sexual, esta é a verdade — devem ter envolvido o vocativo "querida".

O local de encontro foi um restaurante vegetariano no East Village, a que eu, é claro, jamais teria ido para almoçar ou jantar. Fui de terno e gravata, logo após o trabalho. Ao chegar, decidi esperar do lado de fora. O dinheiro que essa indústria de encontros não deve estar fazendo: duas mulheres, numa diferença de minutos, me abordaram perguntando-me se eu era fulano ou beltrano. Na primeira abordagem, apenas dei a informação de que ela procurava outro homem — que devia ter marcado naquele mesmo lugar, usando terno e gravata, sendo proprietário de um rosto tão anódino quanto o meu. Na segunda, surgiu a vontade de mentir e sugerir a ida para outro lugar, porque na verdade eu gostaria de oferecer vinho. Mas a chance de a mentira dar com os burros n'água seria total, uma vez que encontro marcado num restaurante vegetariano significa álcool interditado, pelo menos nessa primeira vez. Eu disse, então, que não era a pessoa que ela procurava, mas que mesmo assim gostaria de oferecer um vinho.

Ela aceitou. Explicou que havia aceitado realizar o primeiro encontro num restaurante vegetariano porque tinha profunda ligação com a natureza e a ligação incluía apreciar álcool moderadamente.

Perguntei o porquê de alguém dotado de profunda ligação com a natureza ter aceitado se encontrar com um homem que vai a restaurante vegetariano de terno e gravata. Ela disse que muitos tipos corporativos são vegetarianos, sendo assim eu deveria ter menos preconceito e prestar mais atenção às nuances da vida.

Quase perguntamos ao mesmo tempo, um para o outro, qual a razão de desistir dos respectivos encontros.

Eu disse que a vontade que me deu de tentar seguir o imprevisto foi mais forte que qualquer outra coisa, apesar de me sentir mal por fazer alguém esperar em vão por mim. Ela então sugeriu que eu deixasse um recado com um funcionário do restaurante, o que prontamente fiz. Ao retornar à calçada, perguntei se ela não ia deixar o recado também. Ela disse que não. Não deixar recado funcionaria como um teste. Um teste que determinaria sua capacidade de lutar pelo seu destino. Observou que o que as pessoas fazem, seja pelo bem, seja pelo mal, sempre retorna com uma intensidade três vezes maior do que o ato original, o que a levaria a perder três oportunidades de encontros ou encontros com três homens diferentes, mas ela estava disposta a pagar o preço pela decisão de se aventurar comigo.

Tal justificativa normalmente me faria mudar de ideia sobre o encontro improvisado. Você sabe que, como disse mais acima, misticismos me enfastiam. Ligação profunda com a natureza... Capacidade de lutar pelo seu destino... A teoria da intensidade tripla... Alguém perfeitamente oposta a mim haveria de ser um desafio? Acreditei que sim. A motivação primordial era, porém, a de que ela era muito interessante, fisicamente. Uma Barbie na casa dos seus 50 anos, de pernas longas e aparentemente firmes — pernas envelhecem mais tarde nas mulheres, e creio que você sabe o que estou dizendo — e seios pequenos. Num filme, ela poderia interpretar uma ambientalista californiana cujos bons genes, a alimentação equilibrada e uma atividade física qualquer a conservavam com uma exuberância serena.

A conversa no bar foi dominada por ela, dadas as perguntas que tive de fazer. Cada resposta, em vez de me cansar, me animou. Era a primeira vez que eu me via diante de alguém que professava bruxaria, na tradição Wiccan. Nenhum sinal de histeria, nenhum indício da altivez que místicos e devotos costumam ostentar. Antes mesmo que eu pudesse formular na minha mente qual o escopo da seita, sobre a qual eu sabia tanto quanto qualquer pessoa mais ou menos exposta à mídia vulgar, ela achou por bem esclarecer que seu ramo se distinguia pelo que entendi como individualismo. Ela se identificava com os ecléticos, também chamados de solitários.

Observei que os adeptos precisam ter contato constante com a natureza, imaginando que o Central Park fosse o terreiro dela, uma adaptação desesperada. Ela disse que tinha uma casa nas Catskills, onde, aliás, você e eu nunca estivemos, depois de tantos anos de Nova York. Terá sido por termos sido obrigados tanto tempo a ser íntimos de Campos do Jordão? Na sua educação suíça, você dizia que montanhas são aquilo que começa depois que a vegetação acaba.

A segunda curiosidade sobre a feiticeira precedia a primeira em ordem de importância: o que uma mulher como ela procurava em sites de encontros? Ela me devolveu a pergunta, e eu disse que estava querendo me divorciar, pois o casamento era irrecuperável. A razão dela era mais sofisticada; se não isso, tratava-se, então, de uma razão estapafúrdia: para ela, a internet era uma metáfora mágica da expansão dos seres humanos. Quase pedi a conta. Só não pedi porque ela disse que estava brincando. O fato de ter uma fé, explicou, não a destacava da média dos nova-iorquinos. Disse que ainda se sentia como uma garota de Indiana — minha comparação especulativa relativa à Califórnia era improcedente — em busca do amor. Tecnologia e magia podiam andar lado a lado. A magia tinha a ver com identidade e evolução. A tecnologia facilitava uma e outra busca tanto quanto qualquer outra ferramenta.

Ela havia se casado uma vez, e do casamento ficara uma filha. Fora um casamento de hippies que viviam em comunidade na parte norte do estado de Nova York e, de vez em quando, na Califórnia. O marido ganhava a vida como artesão, carpinteiro, padeiro, massagista e eventual traficante de maconha, de modo alternado ou não. Durante a primeira gravidez dela, interrompida por aborto espontâneo, ele rompera com a vida que levavam. Virara comerciante. Tinha parado de apreciar rock e educara os ouvidos na música clássica. Passou a ter apreço por assuntos da ciência popular e do mercado financeiro. Ela, por sua vez, entrou para o terceiro setor e dele não mais saiu. Ele se interessou por computadores, filho de engenheiro que era. Procurou aprender o que pudesse sobre o assunto, para chegar à década de 1990 pronto para se tornar um empreendedor da internet. Quando a bolha da economia on-line estourou, ele tinha feito dinheiro o bastante para viver uma vida sem sobressaltos. Passou então a dedicar seu tempo e dinheiro à filantropia, por meio de empreendimentos informatizados, e à filha, nascida no início daquela década.

A filha precipitara o fim do casamento. Conto esta história também para refletir sobre o nosso fracassado relacionamento, que tanto ressentimento espalhou. Onde pecamos por falta, esse casal, ou melhor, o marido pecou por excesso. Ele adotou a voga dos americanos que acreditam poder criar superbebês que tenham mais chances de se tornar gênios. Ela me disse que pouco antes da decisão de tentar novamente conceber um filho ele chegara a pensar na possibilidade de recorrer a um banco de sêmen, no intuito de obter material de um doador de altíssima capacidade intelectual e currículo pleno de conquistas notáveis. Eu me lembro de uma história dos anos 1980, sobre suposto banco de esperma de vencedores do Nobel. O que teria acontecido ao nosso filho, se tivéssemos adotado um programa de estímulo intelectual precoce? Ele teria se salvado? Ou teria se salvado se simplesmente lhe tivéssemos dado qualquer coisa, migalhas que fossem de afeto ou pelo menos atenção?

Ela se recusou a gerar um bebê desenhado em laboratório. Mas não conseguiu se impor ao longo da criação da filha. O pai entupiu a menina de estímulos, numa educação programada, colidindo com o percurso místico que sua então mulher queria para o resto da vida.

Ignoro se o marido possa ter sido um visionário ou se já então este mercado que vende a promessa de uma inteligência desenvolvida sob encomenda já existia. Nada tenho contra a ideia, embora me pareça golpe. No futuro, as pessoas deverão comprar genes sintéticos para os filhos ou para si mesmas. Eu apenas tentava imaginar o quanto aquela mulher era desesperada. Num mero encontro de paquera tramada on-line, ela me abria seu drama. Bebendo muito pouco. Todo esse relato coube numa taça. E eu só conseguia tentar imaginar a criança crescendo sob dois estresses antagônicos, o do estímulo pseudocientífico e o do estímulo místico — sim, porque já então a mãe cultuava o neopaganismo wiccan.

O divórcio aconteceu quando a menina tinha por volta de 5 anos. De todas as formas o pai tentou obter a custódia, o que obrigou a ex-esposa a tentar escamotear sua fé. O advogado dele a acusou de promover orgias, sacrificar animais, ingerir regularmente substâncias tóxicas, essas coisas. O dossiê elaborado pelo escritório de advocacia levantou provas que, se verdadeiras, a condenariam à fogueira. Malconstruído, o dossiê abriu o flanco para que ela processasse o ex-marido por difamação e calúnia. Os wiccans conseguiram vitórias judiciais em plena era Reagan, que lhes deram o respeitável status religioso a que aspiravam. O estigma permanece, porém, entre a gente vulgar e em determinadas instituições.

Era informação demais para um primeiro encontro que nascera do acaso. Usando o horário como desculpa, prometi que, se ela quisesse me ver de novo, eu contaria a minha história. Ela beijou meu rosto ternamente quando saímos do *wine bar*, para então dizer que adoraria me ouvir. Demos um ao outro os respectivos números de celulares e seguimos em direções opostas. Patricia disse que morava no Brooklyn. Eu segui para o ainda nosso Upper East Side. Ela ainda se virou para dizer que o encontro seguinte se daria no Brooklyn. Ela evitava Manhattan, onde se sentia sufocada.

E assim aconteceu. Tivemos vários encontros. Aqueles que aconteceram enquanto você viajava evoluíram para noites de amor no nosso apartamento. Tive de mentir sobre o divórcio, apenas antecipando datas e dando como efetivados o que na minha cabeça ainda eram planos e o que em divórcios são consequências possíveis, como venda de propriedades. Curiosamente, a respeito dos primeiros encontros, para uma mulher libertária, Patricia obedeceu à sabedoria comum do *dating*. Dada sua energia sexual, nossa primeira noite de amor poderia ter se desenrolado já no segundo encontro. Mas no dia ela se limitou a permitir que caminhássemos até o prédio em que morava e a trocarmos um beijo rápido em público. No terceiro fui convidado a subir. A filha estava fora, numa viagem da escola. Não houve sexo. No quarto encontro, fomos até o Upper East Side. Bebemos drinques lá em casa e pudemos colar nossos corpos, porém sem sexo. Depois que ela foi embora, ocorreu-me automaticamente a necessidade de apagar os vestígios do adultério que desrespeita a inviolabilidade doméstica, mas nada fiz. Deixei para a faxineira a função, nenhum receio de que ela pudesse me entregar. No quinto encontro, no apartamento dela, finalmente aconteceu. Tudo porque ela me deu crédito, o voto de confiança no meu proclamado desejo de me libertar de mim. Um tipo de Wall Street tinha de ser incompatível, por excessivamente racional, com uma bruxa ativista.

Você e eu sabemos que sexo com estranhos, quando não embaraçoso, é facilmente intenso. Comigo e Patricia, foi facilmente embaraçoso. A voracidade me inibiu. Senti vergonha quando ela elogiou o formato da minha bunda e se disse surpresa pelo fato de eu ter dito que aquela tinha sido a primeira vez que uma mulher reparava nessa minha particularidade. Talvez brasileiras, sempre louvadas pela marca africana, prefiram esnobar a contraparte masculina, não sei.

Retribuí o elogio notando a intensidade sexual de Patricia. Ela disse que sua energia amorosa alcançara nova dimensão graças ao paganismo, a ponto de poder afirmar que seu desempenho ganhava ares de espetáculo quando ela estava nas montanhas. Sempre tive queda por mulheres desprovidas de modéstia. Ela me convidou para conhecer sua casa, passar um fim de semana lá antes do fim do inverno. Prontamente aceitei. Patricia disse que seria uma oportunidade para eu conhecer Dawn, sua filha, e perguntou se eu me considerava pronto para ser apresentado a ela.

Perguntei se não seria melhor esperar um pouco mais, já que ainda estávamos nos conhecendo — muito embora, sim, para todos os efeitos eu me considerasse investindo num relacionamento novo, tinha o tempo todo vontade de estar com ela e conhecê-la cada vez mais. O correto seria ter mais e mais acesso a sua intimidade e dar mais tempo ao tempo, até que encontrássemos a sintonia — inclusive sexual, que parecia ainda distante, a julgar pela minha falta de jeito na primeira noite. Ela disse que nada disso a preocupava, era livre e tinha perfeita noção de como administrar sua liberdade; no caso, deveria utilizá-la para o meu bem, para arrancar-me da vida que me matava. Ela já sabia que eu tinha saudade de velejar, que eu precisava emagrecer e largar o cigarro, que eu tinha o suficiente para não mais pensar em dinheiro, que eu precisava pertencer a alguém. E pertencendo a alguém finalmente conseguiria o sexo da minha vida. De mais a mais, o acesso à intimidade previa o acesso a Dawn.

Em todas as demais vezes em que estivemos juntos, antes do fim de semana nas montanhas, o embaraço sexual perdurou. Mais que se comportar como uma dama, Patricia se comportou quase como mãe. Dirigiu sua ternura ao meu bloqueio, trabalhando para que me desapegasse de meu antigo eu. Havia dentro de mim, disse ela, um menino encurralado por um programa de vida moldado para outra pessoa. A sucessão de clichês, devo dizer, me fascinava, ou antes me fascinava o fato de estar fascinado diante de lugares tão comuns e, no entanto, verdadeiros. Era como se ela tivesse aberto um manual de autoajuda para, lendo trechos em voz alta, me obrigar a escrever um ditado emocional que eu podia cumprir de olhos fechados.

Patricia tinha ascendência alpina, extrato germânico. Isso talvez explicasse as bases de sua política sexual. A casa de Catskills tinha elementos de celebração ao sexo. Não era pornografia. Era coisa de hippie ou, antes, de alpino que não consegue entender por que boa parte da raça humana complica o que é tão natural quanto fome e sono. Não vou descrever os detalhes da casa. Basta dizer que pessoas como você e o meu antigo eu jamais teriam, numa das paredes da sala, um brasão que ostenta o desenho de um cabrito montês evidentemente macho e evidentemente excitado. Naquilo que foi nosso círculo, isso passaria por uma concessão divertida a valores da fundação europeia, mais uma pitada declaratória de satisfação sexual que provocaria comentários cafajestes daqueles que foram meus pares e, do seu lado, reprovações invejosas ou cumprimentos de admiração genuína, não sei. Você era muito diferente das suas amigas, mas ao mesmo tempo muito igual.

Foi num instante em que observava o brasão na parede que Dawn apareceu pela primeira vez. Ela estava sozinha na casa quando Patricia e eu chegamos para o fim de semana. Sozinha mesmo, pois Patricia não gostava de faxineira por perto quando ia para lá. Ela estava na cozinha, descarregando as compras que fizéramos, dispensando minha ajuda. Dawn entrou na sala sem que eu percebesse. E me perguntou se eu gostava do brasão. Antes que eu pudesse responder, ela disse que o brasão era um teste de intimidade. Dividia os amigos da mãe entre os que ficavam e os que não ficavam encabulados diante do pênis preto, de ponta vermelha, do cabrito. Perguntou qual tipo de amigo eu era. Seu sorriso e seus olhos demonstravam a alegria de um desafio, não um semblante esnobe de criança muito inteligente, satisfeita pelo efeito de suas tiradas, e muito menos uma inocência brilhante, natural e despreocupada.

Dawn era absolutamente linda. Uma versão suavizada de Patricia. Onde a mãe tinha traços grossos de uma beleza quase rústica de montanhesa, Dawn apresentava uma delicadeza capaz de levar qualquer pessoa que nunca a tivesse visto a querer protegê-la pelo resto da vida. Mas já pelo modo como se apresentou a mim, a pergunta era: e ela precisava ser protegida? Patricia havia falado muitas vezes sobre a inteligência e a vivacidade da filha, mas eu não esperava que uma menina de 10 anos me confrontasse para me embaraçar.

O corpo de Dawn era ainda desprovido dos esboços de feminilidade. Era reta mas não pequena. O rosto tinha um ar inquisitivo que só os rostos adultos têm. Ela me olhava se divertindo com meu rosto vermelho de espanto.

Ela disse que eu tinha mãos grandes, orelhas de abano e um olhar penetrante, para descobrir os cantos sujos que não foram varridos, para alcançar as fronteiras mais distantes e para entender o segredo das piores coisas.

Patricia entrou na sala antes que eu pudesse me recompor e finalmente dizer ou responder qualquer coisa. Disse que pelo visto nós já nos conhecíamos, Dawn e eu. Dawn disse que não tinha certeza, pois ainda estava esperando para saber o que eu achava do brasão. Somente então poderia começar a fazer um juízo de mim. Patricia sorriu, deliciando-se com a esperteza da menina e o meu embaraço. Disse que aquela era sua filha, e que eu ainda não tinha visto nada.

Claro que me lembro de um episódio parecido com este. Estávamos em Campos do Jordão ou Teresópolis, já não sei. Tínhamos passado momentos agradáveis na piscina, quando você me pediu para tomar conta do menino, de maneira que pudesse tomar banho. Minutos depois, ele saiu da piscina. Era bem pequeno mas já possuía autonomia espacial, dizendo que queria ficar com a mãe. Instantes depois, voltou à piscina, rindo-se, para avisar que você estava me chamando. Ele fez questão que fôssemos, eu e ele, de mãos dadas até o quarto.

Quando chegamos, você estava nua, secando-se depois do banho. Eu perguntei o que você queria, e você disse que não queria nada. Perguntei se não tinha me chamado, e você disse que não tinha. Ao que ele saiu correndo às gargalhadas. Travessuras de inspiração erótica não me eram novidade, mas ali eu estava, empacado diante de duas estrangeiras que me encabularam, uma delas de 10 anos, perigosamente linda e peralta.

Dawn disse que meu pênis devia ser pequeno. Quantos minutos haviam se passado, ela observou, e nenhuma resposta estava sendo preparada na minha cabeça — afinal, o que eu achava da imagem? Patricia interveio, dizendo à filha que ela já sabia perfeitamente que podia exibir a inteligência sem agredir as pessoas, sem ser mal-educada. Dawn disse que Patricia tinha encontrado um namorado tímido ou educado demais. Em seguida, pediu licença e foi se agasalhar para se divertir no quintal dos fundos com o cachorro, seu melhor amigo.

Divertindo-se, Patricia pediu desculpas pelos modos de Dawn. Observei, enfim capaz de dizer alguma coisa, que me parecia natural crianças chamarem atenção de modo agressivo, sobretudo quando são muito inteligentes. Com a maior naturalidade, enquanto preparava sopa e salada para o jantar, Patricia disse que eu estava enganado.

— Ela gostou muito de você. Agora ela vai testar seus limites. Se você for aprovado, provavelmente ela o convidará para ser o primeiro homem da vida dela. Não se preocupe.

Antes que eu pudesse fazer perguntas para tentar entender a lógica de Patricia com relação, enfim, a tudo que diz respeito à educação de uma filha, mesmo wicca, ela me convidou para ver o histórico de visitas e a lista de sites favoritos de Dawn. Normalmente, claro, eu teria me recusado a violar a privacidade da menina. Patricia me assegurou, porém, que nada ali era segredo. Mãe e filha tinham um canal de comunicação escancarado. Era estranho, mas tentador. E se Dawn aparecesse no quarto, não iria ficar zangada por um estranho estar bisbilhotando seu mundo? Patricia disse que eu deveria me desprender de todos os valores que conformavam minha educação e meu caráter.

O quarto de Dawn tinha elementos wicca que eu não sabia identificar, a não ser um pequeno pentagrama pintado numa das paredes. Patricia me mostrou os brinquedos guardados numa arca, nenhum deles eletrônico ou mesmo fabricado com materiais sintéticos. Não havia no quarto, fora o computador, qualquer elemento típico de meninas da idade de Dawn: mural com fotos dela e de amigos, uso de cores alegres nos móveis e na roupa de cama, nada. Talvez os arranjos de flores no parapeito da única janela do quarto pudessem ser interpretados como infantis, mas certamente as flores e os ramos escolhidos tinham significados mágicos. No cabideiro, os casacos e as jaquetas eram todos em tons escuros, terrosos, cinzentos ou pretos. Perguntei se não era ruim o fato de Dawn ser uma menina tão precoce e, por isso, tão solitária, criada, além do mais, com estímulos conflitantes e perigosos. O que o pai dela tinha a dizer? Patricia disse que o pai não estava em condições de decidir o que era melhor para a filha. Solicitar a custódia era impossível. Estava preso, cumprindo sentença. Quanto ao que me parecia a solidão de Dawn, Patricia disse que podia garantir que não havia menina mais feliz no mundo. Era brilhante e era livre. De uma coisa eu podia estar certo, acrescentou: Dawn sabia tudo sobre computadores e eletrônica, o que a tornava uma menina de seu tempo. Era capaz de desmontar e montar engenhocas. Nas feiras de ciência da escola, sempre se sobressaía, chamando a atenção dos professores. No dia seguinte, Patricia prometeu, eu conheceria a oficina que Dawn tinha nos fundos da casa, algo totalmente encantador. Patricia até ponderava se deveria tirar a filha da escola, para lhe dar educação em casa, o que é permitido no estado de Nova York. Ela tinha tudo para se tornar uma engenheira de classe mundial, disse Patricia, capaz de criar coisas maravilhosas para o bem da humanidade. Era um dom, não uma consequência das experiências a que o pai a submetera. Havia sido escolhida pelos deuses para se destacar, e, muitas vezes, quem se destaca atrai incompreensão, ódio e toda uma série de sentimentos e juízos negativos. De fato, discutir com Patricia acerca do modo como ela tratava a menina era impossível.

De mais a mais, disse Patricia, os eventos terroristas e os desastres causados por fenômenos naturais ilustraram perfeitamente, para ela e tantos outros conterrâneos, a necessidade urgente de os indivíduos, as famílias e as comunidades formarem uma linha de proteção que lhes permitisse sobreviver a despeito do que governos possam ou não enfrentar. A prometida excursão pela propriedade me mostraria os preparativos de Patricia e Dawn contra o pior dos mundos. Se Dawn era capaz de dialogar com um adulto sobre sexo, isto, para Patricia, só demonstrava a capacidade dela de sobreviver no pior dos mundos. Dentro em breve ela aprenderia a manejar armas de fogo, e então seu treinamento estaria completo. Ela me perguntou se meu filho sabia se defender. Tive de dizer a verdade, embora isso nada provasse. Ela me disse então que eu ainda teria um longo caminho até superar o impulso de competir, competir mesmo na desgraça, como acabara de fazer. A pergunta sobre o filho não tinha por premissa um duelo imaginário de preparação de filhos. Apenas, disse ela, havia sofrimento no meu rosto, e ela queria saber se era um sofrimento de pai.

Eu me limitei a dizer a verdade. Era um sofrimento que eu desconhecia.

A pornografia armazenada no computador de Dawn parecia relativamente leve, se é que àquela altura eu ainda tinha capacidade de julgar. Havia penetrações vaginais adultas, nada além disso. Nenhuma perversão, por assim dizer. Patricia disse que eu precisava entender que Dawn era um fruto espiritualizado de um novo tempo, em que tudo era natural. Aprendera a escrever no computador e no celular, antes de treinar caligrafia. Fazia parte de redes sociais que lhe davam referências sobre o que quisesse, do comportamento sexual de adolescentes japonesas ao trabalho infantil na América do Sul. Tudo isso, sob a educação pagã dada por Patricia. Mesmo que o elemento libertário da fé wicca inexistisse na criação de Dawn — violentamente libertário, diria um leigo —, ela era de um mundo de crianças adultas. Patricia acreditava até que as experiências de estimulação intelectual que o pai de Dawn chegara a empreender haviam tido pouco efeito. O desenvolvimento teria sido o mesmo. Perguntei, então, se ela não temia a exposição de Dawn a pedófilos e assassinos de crianças. Patricia, de um modo sério, como se estivesse ofendida ou tivesse sido desafiada, disse que Dawn sabia o que era o amor e o bem. Pervertidos é que deveriam temer Dawn.

Agora, vejo que nós fizemos algo semelhante com nosso filho. Desde criança ele foi tratado como adulto, sozinho para tirar, processar informação, tirar conclusões, decidir. E no entanto, autoconfiança foi o que ele menos obteve — muito pelo contrário. Ele foi exposto ao que o mundo tem de melhor, em termos de educação e conforto, e recusou o investimento feito nele, a autoridade que demos, a liberdade de escolha — tudo. Só esquecemos de lhe dar amor.

Depois que fomos nos deitar, Patricia e eu, não consegui dormir, tampouco me interessei pelo sexo de Patricia, que dormia nua. Ela quis, eu recusei. Perdera o desejo. Perdera a vontade de conhecê-la mais. Todo o investimento emocional me rendera um prejuízo imprevisto. É fato que eu desejava me isolar do mundo. Eu estava perto do fim, mas tal fim excluía uma americana que doutrinava a filha para sobreviver ao Apocalipse. Se houvesse uma esperança no Apocalipse, seu nome era Dawn. Queria terminar meus dias com ela. Eu poderia salvá-la.

Esperei até me certificar de que Patricia estivesse dormindo, me levantei e fui ao quarto de Dawn.

Ela estava acordada. A camisola tinha estampa de bruxinhas. Com seus olhos atrevidos, seu sorriso convidativo, ela disse que estava me esperando. Disse que me considerava uma pessoa de confiança e queria, por isso, saber se eu desejava brincar com ela. Eu disse que sim.

Ela me pediu... Não, deu-me uma ordem sussurrada: tire o pijama. Tirei. Ela sequer olhou para mim, para minha nudez. Abriu o armário, tirou o que à luz da cabeceira parecia um saco sujo e me deu nova ordem: vista isto. Vesti. Era uma túnica escura e malcortada, que me cobriu das canelas aos antebraços. Ela então me estendeu mais um pedaço de pano. Era um capuz escuro, da mesma cor da túnica, sem qualquer orifício. Perguntei se ela queria brincar de fantasma. Ela respondeu que a brincadeira seria mais ou menos como a de fantasma. Eu perguntei se ela queria que eu a assustasse. Dawn riu muito. Eu não. Apenas pedi para a brincadeira não demorar muito, simplesmente porque, encapuzado, estaria impedido de admirar sua beleza. Ela riu mais ainda.

Ela me pegou pela mão e me fez subir num banquinho. Pelo tamanho, devia ser reminiscência de quando Dawn era bem pequena — mas o que estou afirmando aqui? Ela era pequena de qualquer modo. E ali estava eu, um economista de Wall Street, genro de diplomata, no quarto dela, a mãe dormindo no quarto ao lado, e eu esperando pelos comandos, dela ou meus, que arruinariam minha vida. Desejando-os.

Dawn disse que se tratava de um jogo de equilíbrio. Eu deveria esvaziar minha mente para poder jogar. Se não o fizesse, iria perder antes mesmo de brincar.

— O que eu sou? — perguntei. — Um bruxo em pé num banco de criança?

— Você é meu prisioneiro — disse ela. — Agora, seja um bom menino e estenda os braços para os lados.

Obedeci, com medo. Por favor, insisto: evite pensar que este ponto minucioso do relato tenha por objetivo agredir você, de modo exibicionista. Tento narrar em detalhes somente para que você entenda que, a um só tempo, eu sabia e não sabia o que estava fazendo naquela casa, naquele quarto. Sabia que qualquer coisa de sexual estava prestes a acontecer, ou pelo menos era o que eu tanto desejava. Mas não entendia como aconteceria. Por incrível que pareça, a situação em que ela me colocara ainda carecia de sentido, um homem vestido com uma túnica rude, a cabeça encapuzada, em cima de um banco — nenhuma referência, até que eu senti uma pressão no dedo indicador de cada mão, pressão feita por algo mais forte que esses sensores usados nas unidades de tratamento intensivo para monitorar o oxigênio do sangue, que era o parâmetro de que dispunha. Era algo como pregador de varal de roupa. Infligia uma dor incômoda mas suportável, pelo menos durante certo período de tempo.

— Obrigado por se preocupar comigo — Dawn disse. — Eu ouvi o que você e mamãe conversaram.

— Você é uma pequena espiã? — perguntei.

— Agora sou Lynndie England. E você é Satar Jabar. Só falta um pequeno detalhe para você se transformar num Satar Jabar completo.

Senti nova pressão, desta vez nos dedões, e em seguida no pênis, mais especificamente no prepúcio. Perguntei o que ela estava fazendo.

— Você não é um banqueiro? Deveria saber.

Respondi que deixara de ser banqueiro. Ela perguntou se eu também desistira de ler jornais. Eu disse que a túnica e o capuz estavam me deixando com muito calor e que meus braços doíam.

— Muito bem, então. Vamos brincar. Seus braços estão cansados, mas se você baixar os braços agora levará choque elétrico nos dedos e no pênis. Bem-vindo a Abu Ghraib. Se tentar descer do banco, também levará choque elétrico. E, quando levar choque elétrico, tente sufocar seu grito, porque mamãe talvez acorde. Não podemos desperdiçar tempo. Você é um terrorista?

Comecei a dizer que, sim, eu poderia ser chamado de terrorista. Eu havia aterrorizado a economia de países emergentes, e... Dawn não gostou da resposta:

— Errado. Você tem que dizer: meu nome é Satar Jabar. Eu não sou terrorista. Sou ladrão de carros.

Repeti as frases, sempre em voz baixa, esforço imenso que tive de fazer.

— Você é um mentiroso. É um terrorista iraquiano. É um terrorista iraquiano e vai pagar por isso — disse Dawn, divertindo-se muito, conforme pude depreender do tom de sua voz.

— Eu sou um terrorista iraquiano e vou pagar por isso — eu disse, na esperança de encerrar a brincadeira.

Não que acreditasse na veracidade da encenação. Não esperava receber choques. Mesmo que Dawn se tratasse realmente de um pequeno gênio do mal.

— Bom menino — ela disse. — Você é um bom menino assustado. Vai ganhar uma recompensa.

Ela retirou o grampo do meu pênis.

— Você tem que manter o equilíbrio. Se cair do banco, o que vai acontecer é que nós dois vamos receber o mesmo choque elétrico, sabe por quê? Vamos estar conectados. Eu vou beijar seu pênis. Você está pronto?

Dawn levantou a túnica novamente. Não faltou desejo, quero que isso fique bem claro para você. Eu queria ser chupado por aquela criança.

Mais do que isso, eu queria beijar o ânus de Dawn, que era róseo como algum entardecer a que jamais assistirei novamente — perdoe, mais uma vez, a literatice. Queria também a retribuição de Dawn, e obtive.

Anos atrás, antes dos atentados, eu experimentara esse beijo da maneira mais abjeta. Foi em Newark, numa daquelas casas de dançarinas topless. Sim, antes de me aventurar pelo sexo negociado eletronicamente, estive aqui e ali, procurando emoções baratas. Você é capaz de me ver de couro preto, capuz inclusive, uma noite inteira deitado no chão de um clube sadomasoquista, simplesmente experimentando o tormento de ser pisoteado como um capacho? Agora você é capaz, depois de ler a carta, que já vai chegando ao fim.

O que eu não tive coragem de fazer: contratar uma fantasia de sequestro. Li em algum lugar que se trata de fantasia sobre a qual muito se fala, mas raramente contratada ou executada de graça pelo parceiro ou pela parceira que deseja prover tal experiência de modo consensual. Eu me interessei brevemente, creio, por uma fraqueza de origem: imaginei-me sendo sequestrado e levado a um *dungeon*, não por tara, mas por uma diversão cívica. Eu promoveria o meu sequestro no intuito exclusivo de parodiar a violência real da nossa brasilidade. Uma vez diante de uma mulher fantasiada de couro ou látex, chicote em punho e botas pontudas, sentiria vontade de rir, antes de mais nada. Havia no banco a fofoca de que um de nós efetivamente experimentara uma cena de sequestro em Los Angeles, a um preço altíssimo. Suspeito que tenha sido um analista colombiano, pela mesma razão.

Não pretendo encerrar esta carta listando desvios reais ou imaginários, mas peço paciência para mais um pequeno relato desta matéria. Sinto-me cada vez mais transparente, ou pelo menos um desejo de transparência se avoluma neste momento da minha vida.

Estive em Newark por conta de um cliente e, uma vez lá, corri para um desses bares de brasileiras despidas da formosura e da forma física exigidas pelos estabelecimentos mais conceituados de Manhattan. Não consigo me lembrar do rosto daquela que contratei, mas jamais me esquecerei das sessões contínuas de beijos dados e recebidos, beijos infames. Até porque fiz questão de documentar fotograficamente as sessões. Acredito que você desconheça o termo e a ação. Se ainda não abdicou do sexo, experimente. Uma vida pode mudar por causa desse beijo. Foi assim que gostei de Patricia, agora posso afirmar. Toda a construção que tentei acerca da personalidade dela, apenas esboçando, é verdade, serve apenas para chegar a este ponto: Patricia sabe desse prazer. De todas as sensações sexuais, esta me parece a mais intensa. Dela sentirei bastante falta. Na prisão não creio ser possível repetir esta que me parece a forma mais íntima de submissão e devoção. Porém, surgindo a oportunidade, tornarei a viver essa alegria diabólica. Não, eu não me converti ao cristianis mo. Continuo interessado no neopaganismo, a despeito do que me aconteceu. Não sei se já disse, mais acima, que espero dispor de uma biblioteca razoável quando estiver cumprindo sentença e assim poder me inteirar teoricamente do gatilho da minha queda. Não pretendo revisar a carta, de maneira que peço desculpas por eventuais repetições ou redundâncias, ou até mesmo contradições.

Um tempo depois, em algumas daquelas chatíssimas recepções na residência do cônsul, tive a oportunidade de novamente ser beijado. Você sabe, eventos da chamada comunidade reuniam todo tipo de brasileiro bem-sucedido, e portanto tivemos de socializar frequentemente com broncos — desculpe-me; mantenho o esnobismo. Houve uma recepção, como ia dizendo, em que eu bebi um pouco, e de repente me vi assediando a mulher de um *contractor* brasileiro, desses que, se me lembro bem, ganham a vida reformando propriedades sem maiores luxos. Eu havia tomado nota da interação daquela mulher e do marido, uma dinâmica tensa, de irritabilidade mútua, enfado engasgado, essas coisas que conhecemos bem, apesar dos nossos modos. A certa altura, a mulher se dirigiu ao lavabo, e eu também. Esperei que ela saísse e lhe propus a seguinte transação: 500 dólares em troca de um *rim job*. Ela não aceitou. Não pensei nas consequências, no caso de ela contar o episódio ao marido. O fato é que ela passou o resto da noite me olhando, ao passo que ele me ignorou, e não me recordo de ter visto o sujeito assediar você como vingança.

Enfim, conforme vinha contando, a câmera do computador de Dawn registrara tudo. Depois de me entregar à polícia, tive de esperar até que comprovassem, no computador, o meu relato.

É bem possível que Patricia venha a perder a guarda de Dawn. Como o pai cumpre sentença por algum tipo de fraude financeira e não existem parentes de um lado e de outro interessados nela, Dawn deverá permanecer sob os cuidados de uma família designada pela Justiça.

Uma informação de ordem prática: você pode dispor do dinheiro como bem entender. Seu acesso às contas e aos investimentos permanece. O apartamento também, é claro. Só tive o que considero um lampejo de delicadeza: mandei esvaziar e levar tudo o que tinha lá dentro para um depósito. Seus pertences seguiram de navio para o Brasil. Assim, se você quiser usar o apartamento novamente, terá de mobiliá-lo. O advogado entrará em contato com você para dar todas as orientações. Qualquer outra necessidade, fale com ele, por favor. Espero que, com esta carta, tudo aquilo relativo à vida que tive venha a se encerrar de uma vez por todas. O advogado e eu não temos ideia de quanto tempo ficarei preso. Francamente, não estou sequer interessado em ajudá-lo a me ajudar. Penso que quanto mais tempo, melhor. O problema é que a última informação que tive sobre Patricia diz respeito ao seu desinteresse em me acusar formalmente. Isso pode ser um complicador. Vou me sentir muito mal se ela for condenada e eu, não.

Bem, nada mais tenho a lhe dizer. Nem mesmo desejar que você esteja bem. Você já sabia: por atacado ou no varejo, sou um especialista em destruir vidas, e finalmente vou pagar por tudo o que fiz no banco e fora dele.

# 4

Ali dava para ver os prédios feitos de dinheiro, coisa que Newark não tinha, cidade mais feia, mas a janela estava fechada, a janela de um conjugado, conjugado não, que o nome daquilo era estúdio, o estúdio de um prédio feito de dinheiro. Ou ela pensava que a janela estivesse fechada, torcia para que estivesse, assim tinham combinado, as coisas que iam acontecer ali ninguém podia nem imaginar, quanto mais ver. Ela pensava e torcia, porque agora não podia ver nem ouvir aquela rua, uma rua que ela queria ficar vendo, uma rua feita de dinheiro, de frente para o dinheiro. Todas as outras ruas da sua vida ela não queria nem mais ver nem ouvir, ia pedir para levar os plugues de ouvido como presente para o caso de um dia ter de voltar ao Brasil, por isso tinha ido para New Jersey, mas também New Jersey estava ficando para trás, se Deus quisesse, tomara, chega de brasileiro, o brasileiro de lá não era melhor que os brasileiros do Brasil, tinha tantos deles que não falavam um pingo só de inglês, vivendo uma vida de bolinho de bacalhau, a cidade cheirava a bolinho de bacalhau e a boceta brasileira dando nos inferninhos dos portugueses, e por isso, sim, agora sim!, aquele policial nova-iorquino maravilhoso, o *cop* que era um milagre da natureza tinha imobilizado seu corpo e seus sentidos, Superman dono do dom da dupla penetração sem dildo, era tudo o que ela queria, mais que um americano de verdade, um superamericano abençoado pela natureza, nunca um brasileiro-americano de Jersey; um americano de olho azul, comedor de pastrami, um americano de verdade, aparelhado, americano de verdade tinha que ser aparelhado, o americano que agora era seu dono, fazendo-a parar de pensar e de sentir, em Deus ela confiava, Deus e o superpolicial americano fariam com que ela parasse de ser valadarense, de ser mineira, brasileira, de ser ela mesma. Ele era o dono, ela era a escrava, muito melhor ser escravo do que ser dono porque o escravo não precisa mais decidir nada, não precisa ser ele mesmo.

Os olhos dela estavam vendados. Nos ouvidos, o policial colocara plugues, mas depois de um tempo ele trocou os plugues por fones de ouvido daqueles antigos, grandes, e eles estavam espetados num aparelho de som para inserir na cabeça dela gemidos e gritos e choros baixados da internet. Falar, também ela não podia, graças a Deus, que mulher fala sem parar. O piercing da língua estava amarrado a um barbante que esticava a língua e a fazia babar. Se ela precisasse puxar a língua para a boca, comprimiria os mamilos e esticaria os seios ainda mais para cima, e ela ficaria ainda mais molhada, porque o barbante do piercing estava atado em cada bico de peito.

Se bem que agora que ela era propriedade de um americano, ela podia falar o que bem quisesse, né? Uma das coisas de que ela tinha certeza era: na América ninguém era mudo.

Todo mundo batia boca com todo mundo, todo mundo tinha uma opinião importante.

As pessoas adoravam os bombeiros. Ela, não. O bombeiro com quem tinha trepado certa vez era racista, todos eles eram, os bombeiros. Aquele era tão racista que antes da trepada tinha feito questão de desinfetá-la toda no banho, esfregou até quase sangrar. Aí ela aprendeu que eles não eram exatamente bombeiros, eram irlandeses bombeiros, isso fazia toda a diferença. Eles detestavam asiáticos, latinos, negros e mulheres. Tinha um brasileiro que era bombeiro que sofria nas mãos deles. Quando ela tinha sido dançarina do Galicia, do Don Costa, do Emigrante, da Casa Paris, do Copacabana Club, qual era a atitude deles, os bombeiros? Diziam adorar brasileira por causa da bunda gorda. Falavam que tinham a mangueira certa para apagar o fogo da bunda das brasileiras. O tipo de coisa que nem em Valadares ela tinha escutado. Grosseria que não aconteceu na cama com o bombeiro americano, essa é que era a verdade, na hora de descer com a boca aos infernos ele não teve fogo nem mangueira, *kiss my ass*, irlandês das orelhas vermelhas, sujeito travado e vaidoso, impossível para ele satisfazer uma latina sem ficar falando o tempo todo nessa coisa de latina pra cá, latina pra lá, todos eram ignorantes feito ele, bombeiro do cabelo enferrujado, "mas vocês não são fãs da Jennifer Lopez?", "dá pra comer bons burritos no seu país?". O policial americano de olhos azuis, azuis feito aquele dia da reta final do verão, nada sabia sobre o país dela, mas esse tipo de coisa ele era incapaz de fazer. Não era grosso. Era um cavalheiro. Quando a vagabunda latina naquele bar tinha dito que, por ser metade venezuelana, metade colombiana, era metade das mais bonitas do mundo e metade das mais fogosas do mundo, o que foi que ele tinha feito? Tinha defendido com muita classe, uma classe difícil de americano ter, todas as mulheres do mundo. Fosse o bombeiro da barriga de cerveja e batata, teria dito que as latinas eram todas cadelas, que cadela pode ser qualquer coisa, uma vez cadela sempre cadela.

As latinas, as hispânicas que eles, os americanos idiotas, adoravam, todas elas eram preconceituosas, e talvez por isso mesmo fossem por eles adoradas. Uma das coisas que ela nunca ia esquecer, daqueles dias de dançarina exótica, stripper, topless e todo o resto era a campanha que as latinas e também as brasileiras da noite faziam contra as prostitutas russas. Diziam que as prostitutas russas não usavam calcinha limpa porque não se limpavam direito depois de ir ao banheiro. Foi assim que ela aprendeu o que é a disputa de mercado. Se era preconceito mesmo, contra a beleza das russas e a capacidade que elas tinham de encarar qualquer cliente, ou se era verdade, o fato era que competir com elas só mesmo na base da taxa. As russas que ela tinha visto em Manhattan do mercado da putaria da classe média eram capazes de aceitar qualquer coisa, freiras descalças, mas cobravam uma nota. Na TV e no cinema todo mundo falava da brutalidade dos cafetões negros. Que dizer então dos cafetões russos? Quem conhecia as histórias sabia. Os negros, até onde ela podia perceber, se comportavam como se estivessem vivendo dentro de um seriado, enquanto que os russos se comportavam como carcereiros. Você podia até falar mal de mulher porca, mas não podia falar mal de mulher prisioneira.

As brasileiras estavam todas contaminadas pela América. Porque se a América era boa, também era ruim. Quando soube que existia o concurso de Miss América Brasileira, ela não sossegou até conseguir que aceitassem sua inscrição. O que significa dizer que passou a dar para o dono de uma agência de turismo. As candidatas todas tinham de ser do ramo do turismo. A agência do namorado era das coisas mais importantes da comunidade do Queens, NY. A agência fazia câmbio, remetia dinheiro, financiava travessia pelo México, vendia água sanitária, goiabada e sorvete Kibon, pirateava o sinal da Globo Internacional.

Agora, uma coisa a deixou triste depois de ter conseguido a inscrição. Ela soube, conversando com as colegas, que mudaram a regra. Acabaram com os critérios de peso e medida. Daí que o concurso virou um festival de gordura trans. Ela então teve a certeza de que estava gorda.

Desde pequena ela adorava misses. Seu primeiro concurso foi o de Miss Tio Patinhas, em Valadares, e ela quase venceu. Realmente naquele ali a vencedora tinha um talento que ela não tinha. Coxa, bunda, cintura e quadril de brasileira, e peito de americana, mas natural. Foi um concurso promovido por uma loja de material de construção. Depois ela entrou no concurso Miss Piscina. Miss Rodízio. Garota Asa-Delta. Beleza Mineira. Muita experiência, nenhuma vitória.

Foi no concurso que tudo aconteceu. Depois do concurso ela foi parar ali, a língua amarrada pelo melhor americano do mundo, recompensa de Deus.

Da comunidade fazia mais ou menos parte um policial americano que na verdade era filho de brasileiros da primeira leva de valadarenses, do tempo em que os engenheiros americanos encantavam as mocinhas de Valadares, querendo nem tanto noivas, mas empregadas domésticas tipo exportação. Domésticas que conseguiam mais domésticas tipo exportação, numa cadeia de panos de chão atados como a teresa dos presidiários. No fim da cadeia não estava um pano de chão, lógico, mas um *mop*.

O tira americano-brasileiro fazia parte da comunidade de Newark. Era um orgulho da comunidade, sempre fardado. Perto dos brasileiros ele era mais americano que os americanos, mas perto dos americanos não era mais brasileiro que os brasileiros, que ele não era besta.

O tira estava em todos os eventos da comunidade. Tinha um jeito próprio de dar atenção às pessoas, alternando o olhar fixo no interlocutor e o olhar flutuante de radar, vigiando as imediações.

No dia da escolha das duas brasileiras que representariam New Jersey na final do Miss América Brasileira, ele se aproximou dela pela primeira vez, e não com o olhar de radar, ela bem notou. Disse que queria dar os parabéns, apesar da eliminação. Tinha numa das mãos uma das empadas frias que a organização do certame tinha oferecido como buffet, um amontoado de salgadinhos incluídos no ingresso e dispostos em Tupperwares numa grande mesa no canto do salão.

Normalmente a visão daquela empada na mão de um tira gordo enterraria de vez a noite, ela cairia de boca nas empadas para se esquecer da derrota, mas alguma coisa nele, talvez o sorriso de lua cheia, talvez o olhar de menino inteligente e impopular, talvez a pena diante de bigodes que jamais deixariam de ser ralos, qualquer coisa nele tocou o coração dela. O convite para jantar foi aceito.

Ele a levou até um *diner*. Ela amava comida de *diner*. Tinha era medo do tamanho das porções. Ele pediu cheeseburger e café. Ela queria álcool, mas nem todo *diner* vendia álcool.

A conversa dele era uma conversa de boca cheia. Claro, estava interessado nela, o olhar de radar não se manifestava, fixado que estava nela, enquanto mastigava as batatas fritas com maionese.

Ela não se considerava unanimidade. Estava mais para perdedora. Qual era o plano? Arranjar um casamento, isto é, um *green card*, de preferência com um comerciante, que ela era boa de comércio. O dono da agência de turismo, um brasileiro também dono de agência no Brasil, não queria nada com ela. Antes mesmo do evento já a tinha despachado. Ele não disse, mas ela sabia. Sabia que ele achava que poderia conseguir coisa melhor. Ele estava de olho nas asiáticas. Os homens da América achavam que as asiáticas não criavam encrenca. Elas preferiam não ter opinião. Gostavam do serviço doméstico. Engraçado: pelo menos as coreanas que ela tinha conhecido pareciam espevitadas.

Ela não era espevitada. Era nervosa. Era nervosa e queria se acalmar. Se encontrasse até mesmo não um comerciante americano, mas uma comerciante americana que a quisesse, toparia, desde que fosse capaz de acalmá-la. Ela não se considerava unanimidade, quem era unanimidade conseguia tudo na vida. Aqui e ali atraía homens heterossexuais ou bissexuais e mulheres lésbicas ou bissexuais. Ainda bem que aprendera a diversificar mais oportunidades. Uma colega do Don Costa a ensinara a esquecer o que via na TV e no cinema sobre relacionamentos. Quando diziam, sobre um ator, que "as mulheres gostam dele", o certo era "as mulheres hétero e as bissexuais", e se deveria incluir "os homens homo e os bissexuais" na lista dos fãs. Não era mais possível classificar homens e mulheres segundo os critérios de antigamente, do século passado, era preciso especificar, nos Estados Unidos era sempre preciso especificar do quê e de quem se estava falando, a que grupo, gueto, nicho pertencia. Mesmo travestis tinham nuance, uma colega, *roommate* tinha internet no quarto e lhe mostrara um site de travestis trepando com mulheres, coisa que ela nunca tinha visto.

No caso do policial brasileiro-americano, ele era casado. Aliança imensa no anular esquerdo, cafona.

Mas de repente ela estava enganada. Ele era que nem doleiros e missionários, só se interessava por conversão.

Qual vai ser o seu futuro aqui?, ele perguntou.

Uma coisa que ela detestava nele era o português com sotaque.

Sei que não tenho nada a ver com isso, ele disse, e peço desculpas se estou sendo intrometido. Acontece que dá para ver que você não é igual às outras. Você é diferente.

Você acha que eu sou como?, ela disse, na dúvida se perdia a paciência, e a pergunta era apenas para preencher o vazio até eles acabarem de comer, ou se se interessava pela conversa. Na verdade, o que ela estava fazendo ali, com um policial casado?

Ideia de girico, teria dito sua mãe. Ia arrumar o quê com ele? *Green card* não ia. *Love affair*? Bem, quanto mais certinhos, mais tarados eram os americanos, na avaliação dela. Os americanos eram tarados onde os brasileiros eram só safados. Nem no Rio de Janeiro, onde ela tinha feito a vida por um tempo antes de voltar a Valadares e partir para os Estados Unidos, nem no Rio ela tinha visto, por exemplo, um mercado para putas grávidas. Na internet americana ela tinha. Restava então sempre a possibilidade de um marido certinho lhe dar um caminho das pedras, na vida americana ou na cama.

Por exemplo: quando ainda era dançarina topless, tinha conhecido um banqueiro brasileiro devidamente casado e tarado. Apareceu na boate, bebeu umas cervejas, encheu a tanga dela de dólares, perguntou se fazia programa e pagou muito bem não para penetrar nem nada. Só quis uma coisa que até aquele dia ela nunca tinha feito. Pagou muito bem para ser beijado no rabo. Não é que o nojo que ela sentia daquilo de uma hora para outra sumiu? Mais que isso: ela adorou quando ele pediu para trocar. Sensação incrível, parecida com nada que ela conhecesse. Chegou a gozar uma vez.

Você tem bons modos, parece inteligente, disse o policial, depois de um bom gole de Coca-Cola. Tem uma profissão ou pretende ter? O que você fazia antes de vir para os Estados Unidos? Não está aqui legalmente, está? Não creio que os donos das boates patrocinem visto de trabalho.

Eu mexia com comércio, ela disse, e em seguida pediu um café. A conversa começava a dar sono. Achei que você queria se divertir comigo. Vamos mudar de assunto.

Como você pode ver, felizmente eu sou casado, ele disse. Quer dizer, na verdade minha mulher pediu o divórcio, e eu não entendi por quê.

Muito bem, *tiger*. Quer usar as suas algemas hoje?

Ah, por favor, ele disse. Estou aqui por uma razão diferente.

Ai, meu Deus, mais um casado carente de orelha gostosa. Volta e meia acontecia com ela, o sujeito se encostar não para conquistar ou negociar sexo, mas para alugar, despejando os problemas do casamento como se uma tipa feito ela pudesse resolver as coisas na base da terapia.

Eu achava que você quisesse se engraçar comigo. Desculpe, então, ela disse. O café chegou, ruim como todo café de *diner*. Ela colocou bastante açúcar e aquilo que eles chamavam de creme, que ela não entendia o que era.

A prostituição pode pagar algum dinheiro ou dinheiro nenhum, e ainda levar você para a prisão e de lá de volta ao Brasil, você já deve saber disso, ele disse.

Não sou prostituta, ela disse. Sou comerciante. O que eu faço é pagar as contas com o meu corpo enquanto a oportunidade não aparece. Você sabe quanto ganha uma balconista, vamos dizer, numa deli? Menos que o salário mínimo. Assim não dá para fazer o sonho americano. Você ganha mal e não tem nem tempo de tentar investir numa outra coisa, estudar, sei lá. Babá e faxineira é a mesma coisa. Uma coreana agenciada fatura uns 200 dólares por hora. Não sei quanto a agência leva. Tem russas ganhando mil por hora. Então é só fazer as contas, *you do the math*, não é isso que vocês dizem aqui?

Sobre as russas, ele disse. Bem, você já deve ter estudado o mercado.

Como assim?, ela disse.

Você tem dinheiro para montar um site? Agora está começando essa moda de rede de relacionamentos. Já pesquisou o bastante para decidir se deve fazer um investimento nisso? Você tem webcam e sabe usar, quero dizer, sabe seduzir pela câmera? Já pensou qual o mercado que vai disputar? O de latinas? O de morenas? O de dominadoras, o de submissas? Capitalismo, entende? Porque se você não sabe nada disso, não vai sair das ruas, entendeu? Vai ficar velha nas ruas e vai sair do mercado antes mesmo de ter realmente entrado.

Você conhece a palavra otário?

Acho que não. Meu vocabulário não é tão bom.

*Sucker.* Esses americanos, quer dizer, vocês, americanos, me desculpe de novo, são *suckers*, esses que pagam *lapdance*, por exemplo. Quanto custa uma *lapdance*? Como é que vocês pagam para uma mulher se roçar em vocês e o dinheiro não dá direito a encostar na mulher? Outro exemplo, e esse eu conheço bem, *lapdance* eu nunca fiz: dançar no *topless bar.* Por que você enfia dinheiro na calcinha de uma mulher que, mesma coisa, você não pode tocar? Então você vai me dizer que não dá para fazer dinheiro fácil aqui? Vai me convencer a ganhar menos que o salário mínimo americano para eu limpar banheiro de fast food? *No way.* Aqui tem homem que paga para ser pisoteado, só pisoteado ou humilhado. Você só precisa pisar nele e xingar. Vai me dizer que não é fácil tomar o dinheiro do americano otário? Imagina então uma brasileira solta por aqui. As prostitutas baratas, até onde eu sei, aquelas que não são brasileiras, elas não fazem tudo o que o cliente quer. Não mesmo. Beijo de língua, elas dão? Eu acho que não dão. Duzentos dólares e não beijam na boca? Então você cobra mais um pouco e inclui tudo aquilo que a concorrência não faz. Aposto que se eu pedisse dinheiro para escutar você?, só escutar, ouvir sem fazer nada, você me daria...?

Uma coisa que sabia reconhecer no inglês e passava para o português era fazer perguntas no meio ou no fim de uma afirmação?, ela adorava isso.

Você sabe, ela continuou, eu já fiz programa com banqueiro de Wall Street.

Você já mencionou o banqueiro, ele disse.

Pois é, ela disse. Para você ver como este país tem tanto otário, como você. Não, não, desculpe, estou brincando. Você não é um americano otário. Você é um americano fofo porque é o seu lado brasileiro que é fofo.

Você acha que vale a pena viver praticando roleta-russa?, ele perguntou. Eu sei me cuidar. Mas não se preocupe, eu tenho um plano B. Se por um acidente acontecer de eu pegar Aids, aí eu volto para o Brasil. Lá os remédios para a doença são de graça.

Veja, ele disse. Eu não sou especialista, mas creio que existem muitas doenças sexualmente transmissíveis que podem afetar você, não acha? É uma vida muito perigosa. E depois, como será a sua velhice? Acha que vai ter o dinheiro necessário para as necessidades de um cidadão sênior?

Olha, no Brasil quem trabalha direitinho não consegue se sustentar quando vira cidadão sênior, meu bem. Já viu quanto vale a aposentadoria lá? Fazendo programa pelo menos eu vou arrumando um dinheiro legal enquanto esse corpinho puder aguentar o tranco. Se der tudo errado, com o pé-de-meia eu volto e abro uma pronta-entrega em Valadares. Quer dizer, eu jurei que não volto, mas quem sabe o dia de amanhã? A única coisa que não gosto aqui é o racismo, ela prosseguiu. O governo é racista.

Não é exatamente assim, ele disse.

É sim, ela disse. Os judeus dominam o governo, o Congresso.

Você ainda tem muito a aprender, se quer falar sobre política americana. Os judeus que você menciona, eles são poucos na política. Eu não sei muito sobre o tema, mas a impressão é até o contrário: eles não gostam de política. Mudando de assunto, se você não se importar.

Por favor, ela disse. A conversa ficaria ainda mais chata?

Bem, vejo que você realmente tem um plano, ele disse, agora bebendo café. Isso é bom.

Você vai me desculpar, mas afinal de contas qual é o seu interesse na minha vida? Se você não quer fazer um programa comigo, o que está querendo, então? Não dá para entender, meu bem.

Ele ficou sem jeito, dava para ver pelas orelhas, muito vermelhas agora.

Como policial, nesse trabalho eu... eu estou acostumado a trabalhar junto às comunidades, você entende?

Você é um bom samaritano, eu sei.

Sim, eu sou um bom samaritano que faz a lei ser cumprida. Não tenho nada a ver com a sua vida. Mas na América a gente sabe que existem somente três tipos de pessoa em todo o mundo, e assim eu aprendi quem sou. Existem os lobos, existem os cordeiros e existem os cães de guarda. Eu sou um cão de guarda.

Você poderia ser um poodle, ela disse.

Não vai me ofender assim. Vai me ofender sendo uma garota teimosa. Eu sou um cão de guarda, e você, você pensa ser um lobo, mas é um cordeiro. Mais dia, menos dia, nessa vida um lobo vai pegar você. Veja, existem organizações que tiram as meninas das ruas, dão algum tipo de apoio... Até mesmo as igrejas evangélicas brasileiras que estão entrando aqui, elas... Os consulados não admitem publicamente isso que eu vou dizer agora, mas os evangélicos ajudam imigrantes, e então talvez você... Eu tenho alguns contatos. Na Flórida eles estão trabalhando muito nisso. Dão até móveis se você já tiver onde morar.

Olha, seu cão de guarda, obrigado pelo café, pela companhia e pela preocupação, está bem, ela disse.

Foi então que apareceu no *diner* o homem da vida dela.

Ele era alto e lindo feito um arranha-céu. Com aquelas costas, parecia capaz de escorar a ponte George Washington sozinho. Tinha um jeito que transformava a pose toda do policial brasileiro-americano em pose de escoteiro. Cabelos pretos compridos, feito galã de fotonovela italiana, a coisa que ela mais adorava ler quando criança. Podia ser ítalo-americano, o sotaque ela não reconhecia, ela ainda tinha muito a aprender sobre os sotaques da América, de quando em quando lhe perguntavam se era francesa ou russa, por causa do sotaque, afinal um sotaque brasileiro. Os dentes eram muito brancos, e pelo jeitão dele ela duvidava que ele fosse o tipo de homem que frequentasse dentista para clarear as arcadas. Unhas aparadas suavizavam os dedos descomunais. Barba feita, e de novo ela duvidava que fosse o tipo que deixasse de se barbear todos os dias para encarnar o homem bonito que calcula o desleixo, tudo nele era autêntico. O terno era barato e mesmo assim caía perfeitamente no corpo. A gravata era estreita e preta, discreta mas ressaltada pela camisa branca de algodão misturado com poliéster, típica de quem carecia de dinheiro e bom gosto, diria alguém que quisesse atacá-lo, ou de americano que vivia sozinho e dependia da lavanderia do prédio ou da esquina e numa ou noutra menos roupa para ser passada resultava em tempo e dinheiro salvos. Tinha um jeito prático e indestrutível de astronauta e ainda assim carente de uma mulher que lhe desse tanto prazer quanto paz. Tinha mãos grandes, orelhas de abano e um olhar penetrante, para descobrir os cantos sujos que não foram varridos, para alcançar as fronteiras mais distantes, e para entender o segredo das piores coisas.

O brasileiro-americano mudou completamente diante daquele seu conhecido. Não era para menos: tratava-se de um policial de New York City, um verdadeiro *cop*. Bastava olhar para ele, e qualquer um tinha a sensação de que uma equipe de cinema ou TV estava escondida em algum lugar, focando nele.

Ele cumprimentou a brasileira com um aperto de mão e dois beijos, dizendo que sabia do número de beijos dado no cumprimento brasileiro. Sobre a mesa, apareceram três copos de papel, grandes, que ela nunca tinha visto em *diners*, o rosto do dono ou gerente com zero de expressão. Dentro do copo, cerveja. Então ele tinha fraquezas, ela pensou. Rolava alguma corrupção ali, porque nem todo *diner* tem licença para vender álcool, não era isso?

O brasileiro-americano se recusou a aceitar a cerveja. Não repreendeu o colega nem demonstrou desconforto por ter sido obrigado a testemunhar o que tinha visto de transgressão. Ou talvez ele também tivesse esquemas? Ela não pensou duas vezes: bebeu a cerveja que seria do brasileiro-americano num segundo.

Estabeleceu-se uma conversa de tiras, de macho para macho, ela ficou isolada. Também não era capaz de compreender tudo ali. Tinha algumas dificuldades com o inglês. O importante, porém, era que de quando em quando o tira americano pontuava as falas olhando para ela, no que era seguido pelo brasileiro-americano. Uma competição que não dava nem para a saída, coitado do brasileiro-americano. Um bolinho de bacalhau não podia competir com um *steak*.

Ela se imaginou descendo com ele em Valadares, imaginou-se sendo enterrada em Valadares, e ele como viúvo americano de uniforme da polícia, batendo continência no cemitério, o caixão coberto pela bandeira dos Estados Unidos, ele faria todo mundo bater palmas para ela, que ela, sim, ela era a valadarense que tinha feito a América, a melhor mulher da América do Sul.

Você tem uma beleza exótica, o tira americano disse.

Ele estava era zombando, ela pensou.

Eu sou sério, ele insistiu, pedindo com os olhos a confirmação do colega. Coisa mais vulgar, o brasileiro-americano ergueu a mão pedindo a confirmação da mão do outro, pedindo um "cinco alto", e a mão de um bateu espelhada na mão do outro, como se os dois estivessem vendo uma partida de beisebol na televisão. Zombavam dela, os malditos. Um homem não bonito podia zombar dela, um homem grande feito um jogador de basquete agora olhando para ela de um jeito que outra mulher até acharia lindo, outra mulher que fosse idiota, enquanto ela sabia, ela sabia muito bem que aquilo era um olhar zombeteiro, aquilo não podia estar acontecendo, e agora estavam os dois parceiros de volta ao que os unia, mais um pouco um ia desafiar o outro para uma queda de braço, contando piadas de tira, mas a verdade era que quando ele, o tira americano, calhava de olhar para ela, ela sentia um troço, como é sentir um troço em inglês?, era assim que ela tinha aprendido a falar inglês, a bolsa de estudos conquistada na cama, e você, boneca, ele disse, o que você tem a dizer?, o *cop* disse.

Tenho a dizer tudo o que ninguém nunca me disse, ela pensou, mas um cara feito aquele iria entender? O pai tinha entendido? A mãe? Um americano entenderia?

De uma hora para outra ela parou de tentar acompanhar a conversa dos tiras. Era a sensação de desprezo, de invisibilidade, a mesma experimentada em seus primeiros dias de América, mais uma faxineira, mais uma dançarina, mais uma valadarense buscando vaga num quarto onde dormia um monte de pessoas que não tinham onde cair mortas.

Foi quando o veterano da Guerra do Golfo sapecou um beijo no rosto do brasileiro-americano. Muito risonho, virou-se para ela, sim, para ela, agora ele tinha algo a dizer, talvez por educação, os americanos eram tão educados, nisso eles se pareciam com os valadarenses, sempre prestativos, e sem mais nem menos perguntou se ela gostava de dupla penetração, ou DP, no jargão da internet.

Normalmente uma pergunta dessas, à queima-roupa, a faria ir embora. Pergunta dessas dirigida por pé-rapado brasileiro, claro. Mas ela ficou foi lisonjeada. Bem verdade que ele poderia ter perguntado se ela tinha por acaso a fantasia de dupla penetração?, pergunta seguida de uma introdução explicando que conversa os dois estavam tendo caso ela não tivesse entendido o papo ou não tivesse prestado atenção. Ou então ele, o maior americano do mundo, talvez ele estivesse assumindo que ela tinha experiência em perguntas diretas sobre sexo?, apesar dos meros 20 e poucos anos, não importando o contexto de conversação?

E se ela dissesse a verdade, ele se decepcionaria? Se ela mentisse, ele saberia? Detetives não sabiam ler pessoas?

Antes que ela chegasse a uma conclusão, ele, o superamericano, finalmente disse: não se preocupe, isto não é uma proposta, sinto muito se a ofendi ou se a decepcionei. Gosto de conversar abertamente sobre sexo, você sabe.

Ela não sabia, não estava tão rodada assim nas manhas sexuais dos americanos, Newark era uma cidade difícil, as investidas em bares de Manhattan tinham dado em nada, mas em todo caso ela se lembrou de uma experiência de segunda mão, uma das brasileiras com quem dividia a casa no Ironbound tinha tido uma experiência com o tipo de americano que era capaz de falar com estranhos sobre sexo como quem falasse de reformas na casa ou das recomendações do médico ou dos melhores lance de um jogo de beisebol.

Sexo é o único assunto que interessa, ele disse, dando mais corda. No país dos meus ancestrais, as pessoas não entendem por que europeus em geral e americanos em particular falam sobre sexo como se fossem fiéis falando sobre religião. Ofensa, vergonha, segredo, sabe o que eu quero dizer?

Ela se achou muito inteligente e vivida, acreditando que tinha entendido toda a fala, palavra por palavra.

O brasileiro-americano disse: agora sou eu que estou decepcionado; não tenho fantasia de dupla penetração. Quer dizer, tenho, mas estou me divorciando. Em seguida ele deu uma risada, cochichou no ouvido do americano alguma coisa. O americano se dirigiu ao garçom, que saiu e retornou com copo de papel especialmente para o tira brasileiro-americano. Mas se minha mulher souber, o brasileiro-americano disse, ela vai me achar sujo, muito sujo. Vai querer me levar a um terapeuta de casais ou coisa assim, você sabe. Se bem que meu casamento está mesmo acabando, que se dane ela, não vai querer me levar a lugar nenhum. Prezamos o Senhor!

Prezamos o Senhor, disse o americano, e os dois deram cada qual um gole.

A vermelhidão no rosto do americano-brasileiro quase podia gerar calor suficiente para ferver as cervejas da mesa. Depois do gole, o americano-brasileiro botou a mão num dos bolsos da jaqueta do uniforme e tirou dinheiro, dizendo que os dois eram seus convidados. Ele precisava ir embora, não podia chegar atrasado ao trabalho no dia seguinte.

O americano não fez menção de impedir o brasileiro-americano de ir embora. O brasileiro-americano se levantou, deu uma despedida genérica, virou as costas e foi embora, o maço de dinheiro amarfanhado na mesa. Foi embora como se não tivesse passado, antes de o tira americano chegar, o tempo todo tentando dar uma de pregador pecador para cima dela. Foi embora como se nada tivesse acontecido.

Ela esperou ardentemente que o *supercop* continuasse a entrevista sobre os hábitos sexuais dela, o que no entanto não aconteceu. Ela pensou: será gay?, e resolveu se livrar do fantasma, perguntando: você é gay? Você sabe, por causa do beijo no rosto do tira brasileiro-americano.

Escute, bebê: se eu fosse gay você teria ido embora, não ele, o americano respondeu. Escute: para mim, este é o primeiro ano do século XXI, tudo certo? Os homens da América estão perdendo a vergonha de mostrar sentimentos, ele disse, mas isso sozinho não explica o meu gesto. Eu sou descendente de árabes. Este rosto que você está vendo aqui é um rosto árabe. A polícia de Nova York não tem muitos rostos árabes. Agora, aqui está a pegada. Deixe eu ensinar a você uma coisa sobre policiais: para mim, todos os policiais americanos são como meus irmãos. Sobre o seu país..., quero dizer, em seu país homens não beijam homens no rosto? Eu quero dizer, homens heterossexuais?

Não sei, ela disse.

Você não sabe?, ele disse.

Eu não entendo os homens, ela disse.

Hum, ele disse. Você não deveria mentir para um policial.

Eles riram.

Você é casado?, ela perguntou.

Ele disse que não.

Divorciado, talvez?

Não. Casamento é uma coisa boa para pessoas velhas que não têm dinheiro. Isto é, eu quero dizer, no nível material.

Nossa!, ela continuava entendendo tudo! Incrível como uma conversa podia testar alguns anos de América.

No nível emocional, ele disse, o casamento é bom só para quem quer ter cada vez menos expectativas e cada vez mais conveniências.

Ela entendeu as palavras, mas não estava certa de ter entendido o significado delas, o que agora reforçou não a consciência dos limites da própria inteligência, diminuindo o entusiasmo da própria evolução, mas a admiração pela inteligência dele.

Muitas mulheres devem se interessar por você, ela disse. Você é o tipo de homem que pode escolher mulheres.

Sei isso, ele respondeu, dessa vez com o mesmo olhar flutuante de radar de que o brasileiro-americano tanto gostava.

Se você está se interessando por mim, e eu digo que está, pois seu rosto diz isso, deixe eu dizer uma coisa: mesmo que eu faça a escolha certa, quero dizer, sobre mulheres, você sabe, algumas questões são levantadas muito cedo. Eu tenho um jeito de ser que me leva a procurar aventura. Existe um detalhe que me faz diferente de outros homens, um detalhe interessante, eu tenho que dizer, e meu pai foi sábio o suficiente para deixar a mãe natureza cuidar de mim. Mas aqui está a pegada: qualquer mulher que eu escolha desenvolve uma ideia fixa a meu respeito?, então eu termino o relacionamento.

O que é o detalhe?, ela perguntou.

Tudo o que posso contar é que eu sou um milagre, ele disse. Não sou um milagre americano; sou um milagre, período. E no minuto em que vi você com meu amigo aqui, achei que poderia me abrir para você.

Ela ficou na dúvida. Queria se sentir lisonjeada, mas será que não estava em frente a mais um americano maluco que contava vantagem? Tudo ali era o melhor do mundo, o maior do mundo, não-sei-o-que-lá do mundo. Se ele era tão especial, ela era especial também? Ela se sentia especial assim, normalmente? Se ele fingia ser especial... alguém com aquela cara e com aquele físico precisava inventar história para se fazer de especial?

Ela estava mais acostumada a ir direto nos homens da América, seduzir e ser seduzida em inglês ainda era um jogo complicado. Valadares quase não tinha cursos de inglês, porque os brasileiros prestes a ir embora da cidade ou não tinham o dinheiro para frequentar um curso ou sabiam que seu destino era falar português na maior parte do tempo, por causa do trabalho. Claro, nem ela nem sua família teriam tido dinheiro para matrícula, mensalidade e livros de um curso de inglês, em Valadares ela não passava de balconista de malharia, filha de segurança de supermercado com costureira. Pai e mãe que nunca tinham dito que ela era especial. Nenhum namorado tinha dito que ela era especial. Aí agora vinha um policial americano, ou árabe-americano, dizendo-se especial para ela.

Por que você está me dizendo isso?, ela perguntou.

Bem, baby, eu estou contando isso para você porque acho que você é especial, ele disse, olhar penetrante e tudo.

Mas você não me conhece, ela disse. Por que agora acha que eu sou a melhor mulher?

Burra, burra, burra. Um homem assim, mesmo mentiroso, e você faz pergunta duvidando dele? Pode ter jogado fora a melhor oportunidade da vida, a de casamento com um policial de Nova York.

Não, menos, menos. Policial bonitão assim não se casaria com uma brasileira, ou casaria?

Eu não quero a melhor mulher, ele disse. Eu quero qualquer mulher quente. Qualquer mulher quente que não me irrite. Você vê, as mulheres mais irritantes são as americanas, elas estão sempre, sempre implorando por gratificação instantânea. No meu caso, as mais irritantes são aquelas que passam a se achar especiais por causa dessa coisa que define a mim mesmo fisicamente, entende o que eu quero dizer? E ficam viciadas. Agora, eu penso que você... você não se parece com elas.

Não?, ela disse.

Não, ele disse.

Grosso, ela pensou. Ela pensou em dizer que tamanho não é documento. E que ele não parecia um policial de verdade, mas um psicopata, e que a América era cheia de psicopatas, até acontecia, pelas histórias que ela tinha ouvido, até acontecia de muitos brasileiros virarem psicopatas quando passavam a viver na América.

O que define você, o que define o seu corpo?, ela perguntou. Posso perguntar uma outra coisa?, acrescentou logo em seguida. Se você é como isto, cheio de qualidades, por que não está fazendo dinheiro na indústria pornô?

A mesma velha pergunta, ele disse. Eu sou um herói americano. Vamos, ele disse.

Ei, ei, homem americano, ela disse, se você é tão quente, então tem que dizer: o que está fazendo agora em Newark, New Jersey?

Bem, minha mãe vive aqui, ele disse, tranquilamente. A provocação de uma brasileira ilegal não o desarmaria. Se a minha sinceridade sobre mulheres a ofendeu, peço desculpas. Mas não retiro o que disse. E não retiro porque é a verdade. Eu gosto de você. Tenho curiosidade sexual sobre você. Simples assim. Uma razão: existe alguma coisa em seu rosto que é masculina, e eu gosto disso numa mulher. Você sabe, eu sou um tira.

Ela resolveu empurrar o envelope. Estava muito ofendida.

Toda essa coisa de latina e negra, essa coisa aí não é racismo só porque eu sou branca?

Quem te disse que você é branca?, ele disse. Eu acho que você é hispânica, e hispânicos não são brancos. No seu país eles dizem que você é branca?

Ela não respondeu. Preferiu tentar outra frente de ataque.

Mas você ainda não disse por que um herói americano como você bebe álcool de graça em um lugar que não tem licença para vender álcool, ela disse.

Ainda lutando. Eu gosto disso. Bem, bebê, o álcool não é de graça, ele disse. Escute, eu... eu poderia fazer muito dinheiro na internet. O Google teria milhões de entradas sob o meu nome, e muitas delas não seriam pornográficas, devo dizer. Eu poderia ter jornais e revistas do mundo inteiro pedindo uma entrevista. Mas o que eu quero? O que eu quero é ser o que eu sou: um tira americano. Um tira americano que, sim, tem alguma coisa que nenhum dos outros tiras americanos tem, e você, minha pequena mulher brasileira, você está tendo a chance de ter também. Sobre a cerveja, bem, o dono deste *diner* é um velho amigo da minha mãe. Ele não diz, ela não diz, mas eu sei que eles tiveram um caso de amor no passado, antes de eu nascer. Muita intimidade, entende? Então ele ficaria muito ofendido se eu recusasse o trato. Agora vamos.

Ela hesitou. Claro, não seria a primeira vez que quebraria a regra sagrada do primeiro encontro na América. Americanos ficavam intimidados ou simplesmente desinteressados quando a regra era quebrada, não era isso que as garotas diziam? No máximo, o primeiro encontro permitia um beijo seco e um abraço de despedida. No segundo encontro cabia um beijo de verdade na porta de casa ou do prédio. No terceiro, o convite para entrar ou subir, e então beijos e abraços e alguma exploração manual. O melhor era guardar o sexo para o quarto encontro, só no quarto encontro acontecia o primeiro sexo. Em sua vida valadarense, a verdade era que tudo acontecia ao contrário, brasileiro não perdia tempo. O primeiro encontro era o encontro do primeiro sexo. E o quarto encontro era o do beijo seco. De despedida para sempre.

Ele tinha de fato muitas possibilidades, era um homem habituado a escolher. Ele queria apenas mais uma marca no coldre, uma marca brasileira? Ele nunca tinha experimentado uma brasileira, embora frequentasse Newark por causa da mãe e tivesse ouvido falar muito da capacidade que elas supostamente tinham de brincar de roleta-russa sexual? Um baixo nível de educação, uma autoestima cultural malformada, um desejo de morrer pelo prazer ilimitado, quem poderia dizer? Havia muitos anos que ele evitava fazer sexo sem preservativo. Sua perfeita noção de homem especial o fazia se preservar, no mais das vezes, como se fosse uma nova espécie de rinoceronte que, se anunciada ao mundo, tanto poderia lhe trazer a glória quanto o extermínio.

Sim ou não?, ele disse novamente.

Ainda o silêncio. Ela queria, mesmo se sentindo ultrajada. Mas estava tendo a oportunidade de se valorizar pela primeira vez na América.

Olhe, eu já disse a você que não sou romântico? Já disse a você que acho que romance é uma coisa perfeita para gente jovem?

Você tem uma porção de opiniões, ela disse. As mulheres americanas têm muitas opiniões também, sei disso. Elas têm mais opiniões que as latinas.

Bem, eu digo que você não parece ser alguém que deseja ter muitas opiniões também, ele disse, pagando a conta do *diner* finalmente. E a razão para eu estar dizendo isso não tem conexão com o fato de você ser uma *alien* vinda de um país pobre. Seu país é pobre, não é? Eu suponho que sim, uma vez que existem tantos brasileiros por aqui. De qualquer maneira, de volta ao nosso ponto original: aqui está uma chance para você ter uma opinião sobre algo totalmente diferente do que você tem visto na sua vida? Sim ou não? Devo dizer que estou sendo generoso, e não culpo a cerveja por isso. Se você aceitar, vai ver que eu tenho uma razão para pensar duas vezes antes de decidir expor a mim mesmo. De qualquer maneira, do que posso ver da sua linguagem corporal, estou muito otimista sobre isso.

Não gosto de tanta autoimportância, ela pensou, usando pela primeira vez, que se lembrasse, pelo menos numa nota mental, o termo autoimportância. Ela adorava todas as expressões que os americanos usavam iniciadas com auto, como autoindulgente e autodepreciativo, mais um sinal de que estava realmente aprendendo muita coisa nova na América; ela sabia que era muito inteligente, a questão era ter os estímulos certos.

Sim, ela disse.

A verdade era que lutar não teria adiantado. Ela estava autoencantada.

Ela tomou a iniciativa de se recurvar, ainda sobre a mesa do *diner*, para beijá-lo, valendo-se da língua.

Ele refutou.

Perdoe-me, ele disse. O beijo francês é o tipo de afeição em público que nunca vai bem comigo. Vamos?

Quando saíram do *diner*, ele tomou então a iniciativa de beijá-la no rosto.

Desculpe-me, ele disse, sussurrando. Eu me esqueci de perguntar se você aprecia sexo anal. Eu deveria ter avisado sobre isso. Mas, sim, você não precisa se preocupar. Teremos lubrificante o bastante.

Desculpe-me também. Eu não me lembro do seu nome, ela disse.

Aleem, ele disse.

Como?

Aleem. Não é um nome comum por aqui.

Você vê, Aleem, eu estou preocupada com essa sua coisa de tomar cerveja num *diner*. Isso me faz pensar que você pode ser um homem perigoso. Um tira que não respeita a lei, ela disse.

Ele deu de ombros.

Você gosta ou não gosta?, quero dizer, de sexo anal?, ele perguntou.

Você não sabe que a bunda está para os brasileiros como os peitos estão para os americanos?, ela perguntou. Sim, eu gosto de sexo anal. Sim, eu gosto de beijar o buraco da bunda e de ser beijada ali também. Adoro isso. Faço tudo o que elas não fazem aqui.

Tudo?, ele perguntou. Realmente?

Sim.

Uma das melhores coisas da vida era poder ficar molhada em inglês. Nenhuma outra prova de conexão podia ser tão verdadeira e profunda. O tipo de conversa que a teria deixado entendiada no passado valadarense, pretendentes falando que fazem e acontecem mas na hora h não faziam nada, isso agora a excitava duas vezes: estava sendo seduzida em inglês por um tira americano. Que ainda vinha com a conversa de que guardava uma surpresa fora do comum. Seriam 15 as polegadas penianas?

Eu devo dizer que um enema antes, ele disse, seria muito apreciado.

Um o quê?, ela perguntou. Tinha medo de mostrar quando não entendia o que estava sendo dito pelos gringos. Eles podiam perder a paciência e terminar a conversa. Não poucas vezes ela tinha sofrido por isso. Mas agora não tinha outro jeito. Precisava saber exatamente o que iria acontecer.

Um enema. As brasileiras não sabem o que é enema, ou você não sabe o que é um enema? Se vocês são um povo de bunda, deveriam saber o que é um enema. Questões de higiene, você sabe.

Eu não sei o que é isso.

Ela sempre se maldizia pelas reviravoltas em sua cabeça, e dessa vez não foi diferente. Estava prestes a perder o que sabia que poderia ser o homem de sua vida por causa de uma palavra? Se bem que ele era um tira, e na verdade toda aquela conversa tinha era uma única razão de ser, ela tinha que aprender de uma vez por todas a deixar de ser boba: o que ele queria era ganhar pontos denunciando uma imigrante ilegal? Por isso o policial brasileiro-americano tinha vindo pra cima dela. Para abrir o caminho, ter a certeza de que o alvo estava correto. E por que ela? Porque alguma das *roommates* tinha dado o serviço, a mesma que vivia brigando com ela por causa do xampu que a piranha dizia estar sendo furtado. Então era por isso que nenhuma delas dançava nas mãos do Serviço de Imigração? Eram todas informantes. Aí elas espalhavam para a comunidade? Aí atrás de cada sorriso, de cada beijo aéreo (agora tinha essa moda de beijo aéreo), atrás de cada conversa mole de pastor evangélico, eu vou te ajudar a se estabelecer aqui, com a graça de Jesus, atrás de cada evento oficial, de cada restaurante de comida brasileira, de cada empresa de pintura, de cada babá, de cada faxineira, todo mundo estava era esperando a hora de limpar o nome daquela comunidade idiota pegando ela pra Cristo? O que de melhor lhe poderia acontecer se por um acaso escapasse da perseguição? Arranjaria um gordo dono de loja de ferragens que a transformaria em escrava branca diante de uma promessa de casamento e sob a ameaça de entregar a amante-que-não-se-tornaria-esposa à Imigração? Um gordo republicano de uma loja de ferragens para dividir uma vida de bagel, bacon e burger? Ele confiaria nela o suficiente para realmente se casarem e juntos abrirem um serviço de faxineiras? Ou ele estaria mancomunado com donos de sites em que negros de pau grande fodiam latinas? Ela permaneceria sendo fodida por negros de pau grande até mudar de categoria, de latina quente a mãe-que-eu-gostaria-de-foder, e daí para madura quente e daí para avó tesuda? Pior: acabaria nos sites de bestialismo? Porque a verdade era que judeus se casavam com judeus; italianos, com italianos; e latinos, com latinos. Que americano branco a tomaria por esposa? Somente um lixo branco, o mais lixento dos lixos brancos. Gordo, bêbado e armado. Ser escrava de lixo branco seria mil vezes melhor que retornar deportada?

Então o quê, boneca?

Eu... eu só vou se você... se você me raptar, é isso, ela disse, dando-lhe as costas.

Ela não entendeu o porquê da própria resposta.

Hum... Fantasia de abdução, ele disse.

O quê?, ela perguntou.

Em vez de responder, Aleem agiu. Caminhou até fechar o caminho dela, agarrou-a com força, muita força, ela nunca tinha sentido tanta força antes, e a beijou suavemente, uma série de beijos suaves na boca e no pescoço.

De todas as sensações que ela experimentou naquele instante, a mais intensa latejava contra o umbigo.

Você está presa, ele disse.

Estou mesmo, ela pensou.

Meu carro está por ali.

Agora nada mais importava. Ela poderia ter preparado toda a sua vida para de repente morrer nas mãos de um psicopata americano, e então o quê? Que coleção de lembranças um psicopata americano apagaria? A lembrança do irmão que fingia ser piloto de asa-delta para traficar droga? Da mãe separada que um dia tinha dispensado a chance de se casar com um engenheiro americano? Do pai que gostava mesmo era de arrebentar os pulmões fumando?

Quando entraram no carro, um *station wagon* com parte da lataria em madeira, como se fosse carro de surfista velho, um camburão das pranchas perdidas, ele tirou duas pílulas do bolso, duas pílulas azuis.

Quantos anos você tem?, ela perguntou.

Oh, a questão aqui não é a idade, ele disse.

Você tem um problema?, ela perguntou.

Dois problemas. Eu tenho dois problemas, ele disse. Ele ligou o carro e arrancou.

Sim, essa era a pegada. Ela tinha feito a vida para cruzar a fronteira e viver rebolando e dando para conseguir pagar as contas: o tira americano não passava de um doente.

Você me assusta, ela disse.

Eu devo dizer que você ainda não viu nada, ele disse, sem tirar os olhos do caminho. Você se importaria de me tocar?

Punheta no carro andando ela conhecia bem, uma das alegrias da vida.

Ok, ela disse, pensando: qual é o inferno? Se estava mesmo para ser presa, pelo menos guardaria a lembrança de um bom pau americano, ainda que ereto pelo sangue árabe e por duas doses de Viagra. Pensando melhor, deportação não costumava ser um processo arrastado, quem sabe o juiz podia só mesmo marcar a audiência seguinte e soltar a imigrante, e aí ela ia se tornar uma fugitiva oficial, seria a primeira coisa oficial desde que ela chegara para fazer a América.

Foi então que ele olhou nos olhos dela, e ela olhou nos olhos dele, e ele conduziu a mão dela para que o zíper da calça dele fosse aberto por ela, dizendo vem pro papai, e ela experimentasse o Céu.

Ela experimentou, mas não entendeu o que experimentou. Tirou logo a mão e ficou olhando para ele, que continuava a dirigir sem afobação.

Vou dar a você o que você nunca teve e nunca terá de novo, disse ele.

Newark tinha ficado para trás, já se viam os prédios feitos de dinheiro.

Eu vivo por aqui, ele disse. Sempre olho para eles, e eles me fazem pensar em muletas de um gigante.

Ela ficou quieta. Não tinha entendido nada. Não estava em condição de entender qualquer coisa.

Aqui estamos nós, ele disse, entrando em um estacionamento.

Sim, estamos aqui, ela disse. Em um estacionamento. O dono também é amigo da sua mãe?, ela perguntou.

Oh, lá vem você de novo, ele disse.

Todo mundo diz que ter um carro em Manhattan é muito caro, ela disse.

Sim, isso é muito caro. Mas, não, eu não tenho favores da administração deste lugar. Isto é apenas um trato de luxo que me permito ter. Minha vida, você vai ver, é uma vida espartana.

Ela não compreendeu todas as palavras, mas ficou quieta, por medo de não ter mais crédito linguístico.

Você já teve que prender brasileiros?, ela perguntou, já quando caminhavam para o apartamento dele.

Acho que não. Não. Eu prendi, vamos ver, eu prendi muitos porto-riquenhos, sim, é claro; mas também alguns colombianos, alguns paquistaneses, alguns ucranianos, alguns gregos, muitos americanos-italianos, poucos árabes-americanos, e especialmente muitos americanos-americanos, isso é óbvio. Mas eu não trabalho para a Imigração. Eu trabalho para o Departamento de Polícia de Nova York, o melhor departamento de polícia do mundo.

Você prendeu muita gente?, ela perguntou. Vai me prender também?

Falando nisso, eu devo dizer que chegou a hora de perguntar a você sobre suas preferências sexuais. Você gosta de brinquedos?, quero dizer, de brinquedos de sexo?

As mulheres americanas gostam, não gostam?, ela disse. Você gosta também?

Sim. Mas você não respondeu.

Você faz muitas questões, ela disse. Os brasileiros gostam de deixar as coisas correrem.

Deixar as coisas correrem? Eu gostei dessa expressão. Mas, vamos ver. O que você está dizendo agora é que os brasileiros não gostam de falar sobre o que gostam porque eles preferem não falar, é isso? Então se isso está correto eu penso que vamos gostar muito um do outro. Eu também gosto de deixar as coisas correrem.

Ela não tinha entendido, mais uma vez, mas agora nada disso importava.

Chegamos, ele disse, quando alcançaram o prédio em que ele morava. O edifício era um desses que ela achava que parecia prédio de museu, coisa que não via muito em Newark. Mesmo que fosse prédio de gente sem dinheiro.

A vista daqui deve ser muito bonita, ela disse. O que você vai fazer comigo? Eu acho esse lugar muito romântico.

Bem, eu vou fazer você gozar como nunca gozou.

Você não é modesto, ela disse.

Eu não posso ser modesto, ele disse.

Só porque você é do Departamento de Polícia de Nova York?, ela disse.

Não, não. Esta fala eu deixo para os outros policiais. Vamos subir.

Subiram.

O apartamento era o contrário do que ela imaginara. Pelo menos até onde dava para ver, parecia um apartamento pequeno como qualquer outro apartamento pequeno. Se ele guardava essas coisas de americano tarado, deviam estar muito bem escondidas. Bem, ele era policial, certamente ele usava as algemas. E o cassetete? Ela sabia que policiais quase tinham matado um imigrante preso enfiando um cassetete nele dentro do precinto. Agora, o que ele devia ter dentro daquela calça dispensava qualquer coisa maior que... um punho. É, um punho. Ela era uma mulher que todos consideravam apertada, como seria isso? Homem negro ela ainda estava por experimentar. Os mulatos de Valadares que passaram pela cama dela não fizeram justiça à fama da raça. Algumas das meninas dos clubes, brasileiras, diziam que os negros da América eram bem diferentes dos negros do Brasil. Em todo caso, ela não era muito chegada a negros. Agora, sobre os árabes ela nunca tinha ouvido falar nada.

De novo o medo de servir de escrava numa armadilha policial. O certo mesmo seria ela pedir licença um momento?, ir ao banheiro?, e tentar telefonar? Melhor: tentar enviar um SMS? Ela podia enviar uma mensagem de texto com o endereço dele, essa era a boa ideia. As *roommates* ficariam sabendo para onde mandar a polícia, no caso de ela morrer nas mãos de um psicopata. Mandar um aviso ao tira brasileiro-americano. Maldição. Ela não tinha salvado o número do tira brasileiro-americano no celular. Agora, e ela por acaso tinha memorizado o endereço do tira americano? E desde quando ela podia ter pensando em memorizar o endereço, excitada que estava, correndo perigo ou não correndo perigo? Se ela pedisse o endereço, ele desconfiaria. Boa coisa o gringo não podia ser, o tal de Aleem. Os móveis do apartamento dele, se é que o apartamento era mesmo dele, por exemplo. Muito novos. Tinham qualquer coisa de design. Design era sempre caro, não era? Ele era corrupto, não era? Bebia álcool em local que não tinha licença para vender álcool, o que mais ele seria capaz de fazer? Os móveis. As luzes eram fracas, mas ela podia distinguir formatos estranhos, talvez fossem obras de arte? Nunca tinha entrado num apartamento assim. No meio da sala tinha uma pirâmide pequena em cima de um banco? E aquilo ali era um aparelho de ginástica olímpica? Tudo bem ele ter equipamentos de ginástica, era um homem muito forte. Mas com tantas academias que funcionam dia e noite sem parar, por que alguém teria aparelhos de ginástica dentro de um apartamento pequeno como aquele?

Você gostaria de alguma coisa para beber?, ele ofereceu.

Você vai beber depois de tomar Viagra?, ela disse.

Eu bebi antes, você lembra?, ele disse, deixando só a luminária da mesa de telefone acesa. Eu vou tomar um uísque.

Eu gostaria de água, por favor, ela disse.

Sempre que eu tomo Viagra eu bebo, ele disse. Para diluir o efeito. Fico muito mecânico sem beber, você entende? Agora, por favor, depois que eu lhe der a água e você beber, eu vou pedir a você para tirar as roupas.

Uau, essa foi mecânica, ela disse.

Ele serviu água da bica. Ela deu um golinho e deixou o copo no balcão que separava a cozinha da sala.

Tire a roupa, ele disse.

Ela obedeceu.

Agora, o que você vai ver você não vai ver nunca mais, tudo certo?, ele disse. E vai levar um tempo até você conquistar o direito, hoje, de sentir o que eu vou fazer você sentir.

Ele desafivelou o cinto, desabotoou a calça, abriu o zíper e arriou a calça e a cueca.

Agora você entende por que eu preciso tomar não uma, mas duas pílulas de Viagra. Eu preciso fazer fluir muito sangue.

Ela primeiro ficou no choque. Depois passou para o estado de negação.

Venha aqui. Agora você tem permissão para ser apresentada aos meus amigos.

Oh, meu Deus. Oh, meu Deus... Você... Você tem...

Difalia, ele disse. Eu tenho difalia.

Ela não conhecia a palavra, ela não conhecia aquilo, ninguém conhecia aquilo. Eram dois paus, um menor um pouco acima do outro, que era grande.

Como você pode ver com esses seus olhos brasileiros, eu sou um milagre. Eu deveria ter nascido com outras anomalias e ter morrido logo por causa de infecções. Normalmente isso é o que acontece. Mas não foi o que aconteceu comigo.

Truque de efeitos especiais, só podia ser, ele queria zombar dela, americanos gostavam de imitar Hollywood, não gostavam? Consolo preso por uma cola, mais um pouco de maquiagem para dar a cor da pele, não?

Estamos esperando você, ele disse.

Eu posso...?

Com todo o prazer, ele disse.

Ela se aproximou e se ajoelhou para o boquete, começando pelo menor. Não era efeito especial. Ela beijou, lambeu, chupou, apertou e puxou. Ereção perfeita. O maior permaneceu mole.

Eles são independentes, ele disse. Agora, você não pense em um chuveiro dourado duplo. Só o maior deles é capaz de dar a você um chuveiro dourado. O menor leva algumas gotas, só alguns vazamentos. Você sabe, não se pode ter sempre o que se quer.

Segurando o menor, ela atacou o maior. Beijou, lambeu, chupou, apertou e puxou. Ereção perfeita.

Ele afastou a cabeça e as mãos dela e ajeitou a cueca e a calça.

Nós temos tempo, não temos?, ele disse.

Por que você fica...?

Eu gosto de fêmea-nua-macho-vestido.

Eu não entendo, ela disse. Deixa eu...

É um jogo de poder, ele disse, interrompendo-a. Acho que você tem muito a aprender sobre sexo. Fêmea-nua-macho-vestido pode ser uma cena de objetificação, você me entende?

Ela não entendia.

Mas eu quero..., ela disse, procurando, sôfrega, amar os paus antes que tudo aquilo chegasse ao fim, antes que chegasse a hora de voltar para Newark e esperar o outono chegar e durante o outono esperar o inverno chegar e descobrir que não tinha a formosura e o preparo físico para dançar num dos Scores da vida, num clube de cavalheiros que a arrancasse de Newark para sempre. Porque assim era a vida, as coisas boas não duravam muito tempo, logo vinham as coisas ruins, até chegar o tempo em que depois de uma coisa ruim teria outra coisa ruim e, depois desta, outra coisa ruim.

Escute, ele disse. Não vê que eu poderia me tornar uma estrela pornô? Ou antes, eu poderia ter processado qualquer doutor que tivesse decidido abrir meu arquivo médico para estudantes? Com esse dinheiro eu teria começado meu próprio investimento em uma empresa de entretenimento adulto.

Isso não foi o que eu fiz. O que eu faço é dar meu cérebro e também meu corpo, não meus paus, ao meu país, ao país que aceitou meus pais e deu a eles a oportunidade de viver uma vida decente. Isso não é uma coisa? Eu decidi me tornar um... uma espécie, sim!, de bom samaritano, imagino que você possa chamar assim. Agora, isto — é alguma coisa. Isto é o que eu chamo de uma vida. Eu prendo pessoas ruins durante o dia e à noite as mulheres querem ser minhas escravas, todas elas. Porque eu sou o maior homem americano do mundo.

Ela agora estava incapaz de se mover. O jeito dele de falar tinha qualquer coisa estranha. Era como se ele acreditasse que fosse um herói?

Talvez você tenha mudado, ele disse. Eu ainda acredito que você seja apenas uma garota sem experiência. Algumas vezes cometo erros, merda acontece, e hoje eu posso ter feito um julgamento ruim. Eu posso dar a você dinheiro para o táxi, se você quiser.

Esta era a sua sina, ele pensou, um pensamento recorrente. A exposição de sua anomalia dividia as mulheres: as bravas e as covardes. No mesmo caminho dos civis diante de um crime acontecendo com os outros em plena rua: um civil se levanta contra o crime enquanto centenas, talvez milhares, de outros civis ficam paralisados ou fogem. Talvez tivesse chegado a hora de desistir. De sair da polícia, parar de beber, ir ao ginásio, perder os quilos extras e, sim, virar uma celebridade do entretenimento adulto, enquanto ainda lhe restasse saúde. O único trabalhador do sexo capaz de empreender uma dupla penetração. João Difálico seria seu nome profissional, ou alguma coisa assim. Não um em um milhão, mas um em 5 milhões, a medicina dizia. Levando em consideração que quase todos nasciam com malformações severas e portanto fatais, era um em quantos milhões? Bilhões? Começava a ficar cansado de mulheres aterrorizadas. A garota brasileira, mais uma falsa cadela. Mulheres amadoras, beijem minha bunda.

Acho melhor você ir embora, ele disse. Se está em pânico por causa da minha natureza, certamente você não ficaria feliz com o que posso fazer com eles e com minha língua e minhas mãos e meus brinquedos.

Oh, meu Deus. Você pode fazer o que quiser, ela disse, agora decidida a pagar para ver. Ter a América nas mãos significava morrer nas mãos de um psicopata, mas também significava gozar a fartura impossível de ser encontrada em qualquer outro canto do mundo.

Realmente?, ele perguntou.

Realmente, ela disse.

Então sente-se naquela cadeira.

Ele sabia que ela ainda estava com medo.

Sua primeira lição é esta, ele disse: o que eu vou fazer com você nada tem a ver com raiva, entende? Se eu tivesse raiva de você, você não teria tempo de saber. Você estaria finalizada antes que pudesse realizar. Agora relaxe. Vou mostrar a você quem é o seu papai.

Sim, disse ela, sentando-se.

A cadeira era de metal tubular, com canos reluzentes e conexões pretas. O assento, as pernas e o encosto tinham acolchoamento revestido de couro preto. O assento na verdade eram dois, um para cada lado das nádegas. Um vão permitia o acesso anal e vaginal, como numa privada de banheiro. Todos os canos tinham fileiras de argolas, seguindo o contorno da cadeira.

De uma maleta guardada embaixo da cama, ele tirou um jogo de cordas.

Você é claustrofóbica?

Não sei, ela disse.

Você se sente esquisita em elevadores ou lugares pequenos, fechados? Tem ataque de pânico?

Acho que não. Quer dizer, não me lembro.

Bem, ele disse. Hora do show. Agora, escute. Você vai me contar se sentir alguma coisa diferente nos seus membros, certo? Idealmente as cordas vão estar soltas o suficiente para que você não tenha problemas de circulação ou de compressão dos nervos. Se sentir alguma coisa, pisque rapidamente os olhos duas vezes. Ah, sim. E se você receber o chamado da natureza, pisque depressa três vezes. Eu colocarei um balde entre as suas pernas.

Eu não gosto de coisas sujas, ela disse.

Bem, isto permanece para ser visto, ele disse. Tudo certo. Qualquer problema, como um ataque de pânico, você vai estalar os dedos. Você me entende?

Sim.

Diga "sim, mestre".

Sim, mestre.

Muito bom. Agora estale os dedos, para testar a comunicação com seu papai.

Ela estalou os dedos.

Bom, ele disse.

As cordas eram macias e não provocavam coceira. Era a primeira vez que a imobilizavam para o sexo. A sensação de imobilidade era excitante. Mais excitante ainda era a antecipação do orgasmo imobilizado. Normalmente seu corpo estrebuchava quando alguém fazia com que gozasse gostoso.

O que você vai fazer comigo?

Ele aplicou-lhe um tapa no rosto. Ela ficou assustada não com o tapa, mas com o fato de ter gostado. Nunca tinha levado um tapa.

O que você vai fazer comigo, mestre? Hoje eu sou seu mestre, ele disse.

O que você vai fazer comigo, mestre?, ela disse.

Aqui está o que eu quero de você, ele disse. Eu sinto que você é uma garota que precisa... chorar? Chorar de verdade. Quando foi a última vez que você chorou? Conte para o papai.

Eu... Eu não me lembro, ela disse.

Eu ouvi você me chamar de mestre?

Eu não me lembro, mestre.

Então. Se você chorar, vai ganhar uma recompensa. O direito para gozar depende de suas lágrimas. Sem lágrimas, sem orgasmo.

Mas... por que eu vou chorar, mestre? Eu estou feliz aqui. Eu estou com o melhor americano do mundo, então por que eu vou chorar, mestre?

Porque seu mestre está dizendo para você chorar. Simples assim.

Ele enfiou dedos na boca dela, puxou a língua pelo piercing e, com um barbante preto, envolveu o piercing com um nó. Em seguida esticou mais a língua dela, para fora da boca. Então atou cada uma das duas pontas do barbante ao bico de cada seio. Agora ela não podia mais falar.

Lembre-se, ele disse: ataque de pânico, dedos estalados; chamado da natureza, três piscadas rápidas. Se você sentir dormência nos dedos, nas mãos, nos braços, nas pernas ou nos pés, você piscará os olhos quatro vezes seguidas. Entendeu?

Ela fez que sim com a cabeça.

Muito bem, ele disse.

Ele pegou uma chibata e brandiu-a no ar, na altura do rosto dela. Depois largou a chibata e da maleta tirou um par de luvas cirúrgicas. Depois pegou um frasco de talco, despejou um pouco do pó numa das mãos e com a outra espalhou o pó, para então colocar apenas uma das luvas.

Ela se sentia num consultório médico. Tinha sido uma criança diferente, ela acreditava, pois adorava ser levada ao posto de saúde. Chegava a se fazer de doente para estar diante de um médico. Sentia que eles, os médicos, se importavam com ela. Crescida, entendera que cada toque de exame valera, na cabeça dela, pelos abraços e beijos que não recebera em casa.

Com a mão enluvada, ele testou a umidade dela.

Estamos realmente felizes, ele disse. Isso é muito bom.

Com a outra mão, ele pegou a chibata e iniciou uma sessão de varadas curtas nos seios dela, ora num, ora noutro, ora em ambos simultaneamente, alternando direções de maneira a evitar os barbantes que triangulavam o bico dos seios e o piercing da língua. Ela sentiu com prazer os estalos ardidos se irradiarem dos seios pelo resto do corpo. A saliva escorrendo da boca imobilizada por vezes aplacava os estalos na superfície dos seios, o que também era muito bom. E era incrível como tudo aquilo anulava o desconforto da língua presa pelo piercing. Depois de alguns minutos, ele parou e testou novamente a umidade dela.

Estamos ainda mais felizes, ele disse. Boa garota.

Ele largou a chibata e roçou a palma da mão em cada bico, espalhando a saliva, de maneira a aliviar a ardência.

Nova sessão de varadas, dessa vez mais intensas, que a fizeram não gemer, mas grunhir. Atadas à cadeira, as mãos dela se fecharam formando um par de socos de quem não podia revidar.

Você deve estar se perguntando como eu sabia que você iria gostar de espancamento, ele disse. Bem, a verdade é: eu não sabia. Foi um jogo de adivinha. Certo, eu vejo por exemplo que você tem o mau hábito de espremer cabeças brancas e cabeças pretas. Seu rosto é bonito, mas tem muitas marcas. Eu diria que você tem algum comportamento compulsivo. Portanto merece ser punida, você não pensa assim? Estou ciente do fato de que minha corrente de pensamentos pode soar arbitrária, mas a vida, minha querida, a vida é arbitrária, e não existe nada que possamos fazer quanto a isto.

Ele largou a chibata e foi até a maleta de ferramentas. Voltou com dois grampos coloridos, um vermelho e um preto, e uma caixinha preta que tinha um painel digital e uma luzinha vermelha.

Eu ainda estou esperando suas lágrimas, ele disse. E-Stim nunca falha. Você sabe o que é E-Stim?

Hum, ela disse.

Espero que você goste, ele disse.

Um grampo foi preso na esfera de baixo do piercing; o outro grampo, na esfera da parte de cima. Ele espetou o cabo dos grampos na caixinha. Depois foi até a porta do apartamento e voltou com as chaves. O chaveiro era um pequeno controle remoto, com quatro botões.

Vamos nessa, ele disse.

Ela sentiu dormência na língua quando ele apertou os botões do controle. A dormência serviu para atenuar a dor provocada pela amarração do piercing ao bico dos seios. Sempre que ela tentava recolher a língua para atenuar a dor, os bicos eram comprimidos e esticados pelo barbante, o que a obrigava a manter a língua esticada para fora da boca na maior parte do tempo.

Ele apertou os botões, e ela grunhiu. A língua ardeu, como se tivesse sido espetada por um garfo quente. Ela então piscou os olhos seguidamente, não se lembrava mais do número de vezes combinado por ele. Estalou os dedos, tentou falar, grunhiu. E teve cabeça para notar que as paredes do estúdio eram revestidas pelo que parecia ser uma espuma marrom endurecida. Ela tinha visto revestimento semelhante em suas andanças americanas, aquilo abafava o som. A cavalaria não poderia vir salvá-la.

Ele apertou os botões mais uma vez, e novamente ela tentou pedir que ele parasse, o que não aconteceu. A dor era insuportável.

Ele então configurou o controle remoto para uma intensidade menor mas contínua, em lugar dos espasmos de eletroestimulação por picos. A língua voltou a ficar dormente. No resto do corpo ela não sentia desconforto. De fato as cordas não apertavam além da conta.

Para diluir o impacto da eletroestimulação ainda mais, distribuindo as sensações contraditórias, ele empunhou um flagelador de couro preto e passou a golpear seguidamente a região do clitóris dela. A combinação de golpes e eletroestimulação a fez soluçar.

Muito bem, ele disse. Agora você é uma boa menina. Você conquistou o direito de receber uma recompensa. Vamos ver se você continua feliz.

Com os dedos, ele inspecionou a umidade dela e ficou satisfeito.

Boa menina, ele disse.

Ele largou o flagelador e removeu os grampos do piercing da língua. Em seguida, desatou o barbante. Antes que ela pudesse dizer qualquer coisa, ele a beijou, massageando a língua dela. Depois lambeu as lágrimas que escorriam pelo rosto, e também um pouco da saliva acumulada nos seios, e instalou uma mordaça em forma de argola.

Da maleta de brinquedos, ele tirou uma coisa que parecia uma escova de dentes elétrica. Ligou a tomada da escova na parede e encaixou no clitóris dela o que numa escova seriam as cerdas mas ali era uma protuberância circular.

Este é o Eroscillator, ele disse. Isto foi até submetido a pesquisa de universidade. O que quer dizer que isto trabalha muito bem, pelo menos na maior parte do tempo. Seu design é muito interessante. Isto não vibra, mas oscila. Assim.

Ele ligou o aparelho, e não demorou muito para que ela acusasse o efeito da oscilação. Quando a intensidade e o an damento dos gemidos e da respiração indicaram a iminência do orgasmo, ele desligou o Eroscillator.

Ela tentou protestar, grunhindo.

Eu gosto de negação de orgasmo, ele disse. Quando você realmente chorar, eu vou dar a você o prêmio completo.

Ele refez o esquema dos barbantes, agora atando cada bico dos seios a cada brinco de argola que ela usava, cruzados na diagonal, para que o bico do seio esquerdo ficasse preso a argola do brinco da orelha direita, e a argola do brinco da orelha esquerda ficasse preso ao bico do seio direito. Fez isso para dar tapas nas bochechas de maneira que ela não virasse o rosto a cada tapa; se virasse, o lóbulo seria esticado a ponto de poder se rasgar.

No primeiro tapa, ela não conseguiu prender o rosto ade-quadamente, e sentiu o lóbulo esquerdo sendo esticado, cau-sando não tanto dor, mas susto. No segundo e nos demais tapas, ela conseguiu fixar melhor o rosto.

Então ela chorou, quando os tapas cessaram, e foi um choro bom. O melhor da vida era isso, não ter mais vontade, ter só a vontade dele. Agora ela entendia toda a conversa das escravas, ela era uma, ou tinha se tornado uma por causa dele. Ele era um gênio, porque ela estava nas mãos dele naquela coisa de barbantes e tapas, ao mesmo tempo em que ele tinha dado a ela a chance de se defender mantendo o rosto parado, ou quase, a cada tapa. Então o que isso queria dizer? Que ele acreditava nela, sabia que ela era capaz de jogar o jogo se anulando e ao mesmo tempo se impondo. Ou seja, ela não podia perder aquele homem, tinha que fazer tudo, ou deixar de fazer qualquer coisa?, para não perder aquele homem, e ainda nem tinha provado a anomalia.

Você quer mais, não quer?, ele perguntou.

Ela piscou uma vez. Ele a beijou demoradamente em cada face. Depois, esfregou a calça no rosto dela, para que ela sentisse os dois volumes ainda mais rijos dada a compressão da cueca e da calça.

Agora vamos diversificar, ele disse, desfazendo o xis dos barbantes, mas sem remover a mordaça. O que seria a vida sem diversidade?

Ele conectou os grampos de eletroestimulação a um plugue anal. Lubrificou o plugue com o gel condutor e inseriu o plugue nela. As primeiras descargas a fizeram urrar, e então ele foi obrigado a trocar a mordaça em forma de anel por uma inteiriça. Ele usou a calcinha, enfiada na boca dela depois de ter sido umedecida no canal vaginal. Cobriu o rosto e a cabeça dela com filme de PVC, deixando as narinas descobertas, e recobriu com fita isolante preta. Em seguida ligou o ar-condicionado. Não tinha a intenção de causar desconforto pelo calor no rosto sob temperatura ambiente, e além disso o ruído do aparelho serviria para abafar um pouco mais os gritos que ela provavelmente daria. O isolamento acústico existente no apartamento e a mordaça abafada talvez não se mostrassem suficientes.

As descargas, dilatando o ânus e uma porção do reto, a teriam levado ao orgasmo se ele não tivesse desligado a unidade de força a tempo.

Boa garota, ele disse. Agora nós estamos conversando.
Ela sentiu o plugue ser removido.

Tentou acompanhar os ruídos, mas o barulho do ar-condicionado atrapalhava o processamento dos dados. Sons talvez de algo sendo desembrulhado? Várias coisas sendo desembrulhadas, talvez camisinhas? A hora tinha chegado?

Nos mamilos, toques gelados, e agora o ar cheirava a álcool. Algodão sendo aplicado nos seios, álcool desinfetando a área para quê? E ele não dizia nada.

Agulhas, agulhas espetadas nos bicos. Mais álcool, sopros. Mais álcool, limpando o sangue, estava escorrendo sangue? Nada acontecendo, ela esperou até o cheiro sumir. A dor até que não era muito intensa.

Barulho metálico. Barulho de isqueiro.

Gotas quentes nos seios, não nos mamilos, uma, duas, três vezes, até perder a conta, agora sim uma dor intensa, mas ela tinha prometido que não ia mais gritar.

As gotas pararam de cair nos seios. Tinham sido deslocadas para a barriga e dali para os grandes lábios e o clitóris. Era cera de vela queimando o corpo dela, o ar tinha cheiro de vela, que não era perfumada, aquilo para ela agora tinha virado um ritual, tudo o que estava errado ia ser expulso do corpo, ele então precisava pingar cera quente também na cabeça dela para expulsar tudo de errado que lhe restava na mente, pena que ela não podia solicitar isso, não podia falar, não podia implorar para que ele desinfetasse a mente dela de uma vez por todas.

As gotas pararam de pingar. Sopro, ele devia ter apagado a vela.

Agora ele mexia nas agulhas dos mamilos. Ela reconheceu o barulho, eram os grampos da eletroestimulação.

Ela chorou muito.

Ele removeu os grampos e as agulhas. Desinfetou os mamilos e cuidadosamente retirou a fita isolante, o filme de PVC e, de dentro da boca, a calcinha dela.

A brasileira estava desfigurada. Isso era muito bom.

Em seguida, ela foi desamarrada e solta da cadeira.

Estamos felizes?, ele perguntou.

Sim, mestre, ela disse.

Você pode se levantar agora, ele disse.

Ela obedeceu.

Ele tornou a amarrá-la, dessa vez os braços cruzados nas costas e atados ao tronco, e os seios comprimidos num sutiã de tramas. Pelo tronco, suspendeu-a com as mãos e a colocou sentada num banco em forma de pirâmide. O cume da pirâmide era arredondado.

Este é o tão chamado berço de Judas, disse ele. Vocês latinos são cristãos, não são?, logo, devem gostar.

Ele atou cordas nos tornozelos dela e atou as cordas aos pés do berço, provocando tensão nas pernas esticadas, que forçavam a vagina contra o cume da pirâmide.

Como dos bicos dos seios ainda escorria sangue, ele colocou novas luvas cirúrgicas e espalhou mais álcool nos seios. Depois, ainda de luvas, embebeu o flagelador no álcool, para então açoitar os seios, que tornaram a sangrar.

Ela sufocou os gritos. O desejo era o de não ter mais o que expressar, pensar, fazer. Não se sentia mais escrava. Anestesiada, tinha sido transformada numa boneca.

Novamente ele desinfetou os seios. Aplicou uma bola de algodão em cada um e arrematou o curativo com prendedores de roupa pretos.

As pontas são emborrachadas, você não se preocupe, ele disse. Falando nisso, você sabia que eu gosto muito de lactação? Você não tem galactorreia, tem? Uma vez que estamos falando de prendedores...

Ele distribuiu um punhado de prendedores ao longo dos braços dela, na altura dos tríceps, e em torno dos seios. Todos os prendedores estavam unidos por um barbante.

Uma das invenções mais importantes de todos os tempos, o zíper, ele disse, antes de contar até três e puxar o barbante com força, arrancando todos os prendedores de uma vez.

Ela gemeu baixo, os olhos revirados, a boca semiaberta.

Você está no espaço sub, ele disse.

Ela não entendeu.

Acho que você não vai chorar mais hoje. Vou tentar só mais uma vez.

Ele a ergueu do berço de Judas, desamarrou-a e a rearranjou de bruços sobre um pequeno cavalo sem alças, aquilo não era um apartamento, era um playground, atando punhos e tornozelos aos pés do cavalo. Com um barbante, fez um rabo de cavalo nela, forçou a cabeça dela para trás e atou o rabo de cavalo a um gancho curto, de ponta arredondada, que foi inserido no ânus, novamente criando tensão dupla. Para ela aliviar a tensão do pescoço e dos cabelos, teria de aumentar a tensão anal, e vice-versa.

Assim ela estava pronta para uma sessão de chibatadas. Rapidamente as nádegas ficaram riscadas e vermelhas.

Ela não chorou.

Depois ele roçou a palma da mão pelas feridas, como se avaliasse uma escultura, tivesse ele apreço por esculturas.

Ele abriu o zíper da calça e permitiu que ela sentisse os paus na boca.

Ela pensou em mudar de nome depois que conseguisse a permanência nos Estados Unidos. Gostaria de ser chamada de Victoria.

Ele recolheu os paus e fechou o zíper.

Por favor, mestre. Por favor.

Não ainda, ele disse.

Tudo que o senhor diz, mestre, ela disse.

Ele instalou nas canelas dela tornozeleiras de suspensão e atou as alças das tornozeleiras às alças da barra que jazia pendurada do teto. Depois instalou munhequeiras de suspensão e atou as argolas das munhequeiras à barra, para distribuir a tensão pelos quatro membros. Puxou a corrente do guincho manual e suspendeu a brasileira em posição de penetração frontal, pernas e braços para cima.

Ele foi até a geladeira e do congelador retirou um consolo de gelo.

Ele se esqueceu de molhar o consolo ou de lubrificar o ânus dela, e assim a mucosa grudou no consolo no momento da penetração. Graças a uma coincidência fisiológica, ele pôde urinar mirando o ânus. A urina derreteu parcialmente o consolo, que caiu no chão.

Acho que você está me deixando fora de foco, ele disse. Isto é amor? Eu esqueci de proteger o chão. Tenho um lençol de PVC para esportes aquáticos. Vivendo e aprendendo.

Nova sessão de flagelador, alternando vagina, ânus e seios. Ela gemeu um pouco mais.

Terminada, ele desceu a barra, retirou a mordaça de bola, as munhequeiras e tornozeleiras e a colocou na cama.

Ele amarrou punhos e tornozelos nos postes da cama, barriga para cima, na posição de águia espalhada. Fixou o vibrador Hitachi Varinha de Condão no clitóris dela com um barbante que dava voltas nas coxas, arrematando o laço na haste sob a cabeça da Varinha de Condão. Ligou a Varinha na velocidade baixa, para testar o efeito.

Mal ela deu os primeiros gemidos, ele passou para a intensidade máxima. Acompanhou a evolução da excitação para, na hora do orgasmo, rapidamente puxar os cabelos, erguer a cabeça e ensacá-la com um saco de plástico transparente. Outro barbante vedou a passagem de ar.

O orgasmo sufocado a implodiu.

Ele tratou de furar o saco depois do primeiro orgasmo, para que ela pudesse voltar a respirar.

Você aprecia mesmo imobilização, não?, ele disse. Então chegou a hora.

Ele retirou algo de sob a cama.

A cama da vácuo, ele disse. Você sabe, Hans Solo?, quando ele é congelado? Você me entende? Entende o que eu quero dizer? *O império contra-ataca*? *Guerra nas estrelas*? Ele seria... Ah, esqueça. Isso não importa.

Ele a soltou da cama e a fez se deitar no chão, dentro de uma estrutura de látex que parecia um envelope gigante, mas um envelope gigante dotado de zíper, preso por tubos de PVC em todo o contorno. Os tubos eram encaixáveis, para a perfeita portabilidade do equipamento. Do lado da cama a vácuo estava um aspirador de pó.

Para o grande final, vamos experimentar a cama a vácuo, ele disse. Note o seu privilégio: esta é a primeira vez que a estou usando.

Ela não sabia o que era a cama a vácuo.

Como você pode ver, o grande fetiche americano seria o quê? O dinheiro. Eu não sei se no seu país as coisas funcionam assim. Aqui, se você pode comprar, um fetiche é. Se você pode inventar alguma coisa com o dinheiro, então você tem um fetiche.

Sim, mestre, ela disse.

Antes de nós começarmos, um pequeno truque para o prazer mais intenso.

Ele encaixou uma bomba de boceta nela e bombeou seguidas vezes, para que a saída do ar inchasse os lábios e o clitóris ao máximo. Então retirou a bomba.

Agora eu vou selar a cama a vácuo, ele disse. Este é o buraco para respirar. Você coloca a sua boca aí. Teste o buraco.

Ela encaixou a boca num curto tubo de borracha e inspirou e expirou seguidas vezes.

Grande, ele disse. Abra as pernas e ajuste seus braços na posição mais confortável. Você vai ficar cerca de dez minutos nesta posição.

Ela obedeceu. Ele fechou o zíper da cama a vácuo e encaixou a mangueira do aspirador de pó no conector. Ligou o aspirador e checou eventuais reações dela enquanto o aparelho sugava o ar.

Ela ficou perfeitamente embrulhada pelo látex, como bisteca de supermercado.

Você deve estar experimentando uma sensação excitante na sua vagina, ele disse. A bomba que usei aumentou a irrigação dela, incrementando a sensibilidade nos lábios e no clitóris. Está sentindo? Mas agora o inchaço está sendo comprimido pelo látex. Eu aposto que existem mulheres capazes de ter pelo menos um orgasmo só por causa disso. E agora, sim, agora nós vamos tentar a interação do vibrador com este clitóris inchado e comprimido. Você vai ter os orgasmos mais poderosos de toda a sua vida.

Com fita adesiva preta, ele ajeitou o vibrador na altura do clitóris espremido pelo PVC.

Agora, sim, você vai conhecer o poder do orgasmo imobilizado. Não é a imobilização ideal, mas certamente é mais poderosa que aquelas que você conheceu hoje.

Ele ligou o vibrador Hitachi na intensidade máxima. Um, dois, três, quatro, inumeráveis orgasmos de alguém gozando enquanto se afogava ou enquanto era esmagada por uma sucuri.

Ele a deixou gozando e foi até a janela. Acendeu um cigarro e abriu a janela. Uma bela manhã de setembro. Dia de eleição primária, um novo prefeito estava por vir, mas ele só gostava de votar para presidente.

Depois de fumar, ele teve a ideia de tapar o buraco de respiração da cama a vácuo de vez em quando, um pouco de jogo de respiração.

Estava se agachando quando um estrondo o deteve. Ele correu para a janela. Um buraco fumegante, cuspindo labaredas, havia sido aberto no alto de um dos prédios de sua paisagem. Ele pegou o distintivo e a pistola e saiu correndo, nem pensou em libertar a brasileira imobilizada na cama a vácuo gozando.

Rio de Janeiro, fevereiro de 2008

Este livro foi composto na tipologia Minion
Pro Regular, em corpo 11/16, e impresso em
papel off-white 90 g/m² no Sistema Cameron da
Divisão Gráfica da Distribuidora Record.